「相棒」シリーズ

鑑識・米沢の事件簿

～幻の女房～

ハセベバクシンオー

宝島社
文　庫

本書は、「相棒－劇場版－」（脚本／戸田山雅司）をもとに
著者が書き下ろしたスピンオフ作品です。

目次

カバーイラスト／牧野千穂
装丁／IXNO image LABORATORY
DTP／ユーホー・クリエイト

「相棒」シリーズ
鑑識・米沢の事件簿
～幻の女房～

おもな登場人物

米沢守……………警視庁刑事部鑑識課・巡査部長
真鍋知子…………東京都風俗環境健全化協会に勤めるＯＬ
相原誠……………警視庁千束署刑事課・巡査部長
設楽源太…………元警察庁キャリア。東京都風俗環境健全化協会・理事長
天野充明…………元警察官。東京都風俗環境健全化協会・経理課長
広田幸彦…………警視庁刑事部鑑識課・課長

杉下右京…………警視庁特命係・係長／警部
亀山薫……………警視庁特命係・巡査部長
亀山美和子………フリージャーナリスト。亀山薫の妻
宮部たまき………小料理屋「花の里」の女将。杉下右京の元妻

伊丹憲一（トリオ・ザ・捜一）……警視庁刑事部捜査一課・巡査部長
三浦信輔（トリオ・ザ・捜一）……警視庁刑事部捜査一課・巡査部長
芹沢慶二（トリオ・ザ・捜一）……警視庁刑事部捜査一課・巡査

角田六郎………警視庁組織犯罪対策部組織犯罪対策5課長
内村完爾………警視庁刑事部長・警視長
中園照生………警視庁刑事部参事官・警視正

プロローグ

——こ、これは……。

米沢守《よねざわまもる》は心の底から驚いていた。

前代未聞の爆弾テロ予告。その犯人と目される男——塩谷和範《しおやかずのり》を発見してしまったのだ。

塩谷和範の事件。それは、SNS（ソーシャルネットワークサービス）を利用した予告殺人から始まった。

著名なテレビキャスターである仲島孝臣《なかじまたかおみ》が、遺体でテレビ塔に吊るされるという、猟奇的な事件が起きた。

これが予告された殺人であることに気がついたのは、特命係《とくめいがかり》「第三の男」を自称する陣川公平《じんかわこうへい》警部補だった。陣川警部補は、とあるSNSの中で、仲島孝臣の殺人が予告されていることを発見したのだった。

the People's Court——人民法廷と名づけられた、法廷関係のそのSNSの中には、会員の手によって処刑リストが作り上げられていた。

被告人を選び出し、その被告人に対する、罵詈雑言《ばりぞうごん》ともいえる意見陳述を行なう。

――生意気。

――態度が傲慢《ごうまん》すぎ。

――発言が偏向してる。

SNS内部でのこととはいえ、やはりインターネット特有の匿名性からくる無責任かつ一方的な意見がひととおり出揃ったところで、採決へと移る。

――仲島孝臣は、有罪か無罪か？

これに続き、投票が開始される。

「有罪！」「ギルティ！」「有罪」「ゆうざい」「やっぱ有罪じゃね」「無罪？」「有罪だっちゃ」「ラムちゃんに同意」「つーか、有罪でしょ」「有罪（笑）」「ま、これはもう有罪かもわからんね」……。

そしてそれらが集計される。

――有罪1372、無罪11、棄権13、評決・有罪。

有罪の判決が言い渡される確率は、日本の刑事裁判のそれを遥《はる》かに超える、一万％。

本人不在の典型的な欠席裁判の末に有罪が確定すると、処刑リストに名前が刻まれ、量刑と、処刑方法も併せて宣告される。

——仲島孝臣、電波を私物化した罪により死刑。テレビアンテナで絞首刑。

仲島孝臣は、この予告のとおりに殺害されたというわけだった。

リストには、衆議院議員・片山雛子《かたやまひなこ》の名前もあった。

——片山雛子、相次ぐ爆弾発言で政治を茶番にした罪で死刑。自らの爆弾発言による誤爆死。

数日前に、片山議員を狙った爆弾による暗殺未遂事件が起きたばかりだった。

さらに遡《さかのぼ》ること二週間前、轢《ひ》き逃げによって死亡した東京高等裁判所判事の来生《きすぎ》憲昭《のりあき》の名前もリストに挙げられていた。

——来生憲昭、極悪運転者擁護判決を下した罪で死刑。危険運転の車に轢《ひ》かれて死亡。

死亡轢《ひ》き逃げ事件と思われていた事案が、連続予告殺人事件であったことが発覚した。

そして四件目の事件、三人目の犠牲者が出た。

ワイドショーの辛口コメンテーターとしても知られる美人美容整形外科医師の安永《やすなが》聡子《さとこ》が劇薬を体内に注射されて死んでいるのを、自身が経営するクリニックの診療室で発見されたのだ。

——安永聡子、毒舌が癇《かん》に障《さわ》る罪により死刑。医療ミスによる手術失敗で死亡。

そして、これら四件の殺人および殺人未遂事件の現場には、謎のメッセージが残されていた。

「f6」「d4」「e4」「g5」——。

これを事件の発生順に並べると、「e4」「f6」「d4」「g5」となった。

この記号群がチェスの棋譜であることに気がついたのは、警視庁特命係の杉下右京《すぎしたうきょう》だった。

犯人と、インターネットを介してのチェスの対局に挑んだ杉下右京は、その投了図から、犯人の標的が東京ビッグシティマラソンであることにたどり着いた。

三万人のランナーと、十五万人の観客の命を狙った爆弾テロ予告——。

事件は、単に処刑リストに名前が挙げられた「死刑囚」に対して次々に刑を執行していく、つまり殺戮《さつりく》を重ねていくだけのものではなかった。四人にはじつは意外な共通点があり、さらにそれは、東京ビッグシティマラソンを狙うテロへと繋がっていく。

その動機は五年前、政局不安の続くエルドビア共和国で起きた現地の反政府ゲリラ勢力による、難民救済活動に参加していた邦人の誘拐人質事件にまで遡《さかのぼ》る。

そして塩谷和範は、その爆弾テロを遂行するために、東京ビッグシティマラソンに参加していたのだ。

マラソン大会当日、本庁刑事部鑑識課の米沢守は、杉下右京の依頼で、「顔認証システム」を導入し、塩谷和範の姿を見つけ出すことに成功した。

「顔認証システム」とはデジタル画像内の顔を識別するソフトで、登録しておいた顔面データと同一の顔面を、複数の対象の中から瞬時に探し出すことが可能だった。一般参加ランナーがエントリーする様子をすべて映像に記録していたことが功を奏したのだ。

だが、米沢を驚かせたのは、塩谷を発見したことだけではなかった。塩谷の背後に、エントリーを待っている別れた女房を見つけたからだった。思わずモニターを二度見してしまったほどだ。

米沢は、過去に女房に逃げられていた。その別れた女房が現在どこでなにをしているのか、その消息は、まったくの不明だった。

米沢は、モニターに釘付けになっていた視線を無理やり剥《は》がした。

驚きのあまり、口をあんぐりと開きっぱなしにしていたようで、涎《よだれ》が垂れていた。

米沢は、制服の袖でその米沢汁を拭《ぬぐ》うと、特命係へと急行した。

「驚愕《きょうがく》の事実を発見しました」

右京に告げたその言葉は、なにも塩谷を発見したことだけを意味していたわけではなかった。

1

事件は、特命係の活躍で解決をみた。塩谷を発見した後は、指令本部に詰めていた米沢だったが、別れた女房のことが気になって、じつは事件どころではなかったのだ。早く犯人捕まえてくれないかな、とさえ思っていた。

本部が解散となった後、早速米沢は、大会事務局へと足を運んだ。

「11852番のランナーについての情報を伺いたいのですが」

奇しくも、元女房のゼッケン番号は、塩谷と一番違いだった。

「それってぇ、ホントに事件に関係することなんですかぁ？　こういうのってぇ、個人情報になるからぁ、やたらと教えることはできないんですけどぉ」

ボランティアと思《おぼ》しき若い女は、米沢が嫌いなしゃべり方で、疑惑の視線を浴びせてきた。

「も、もちろんです。共犯関係にあるという疑いがあるものでしゅから」

嘘だった。嘘は苦手なので噛《か》んでしまった。恐らく目も、黒縁メガネの奥では、回遊魚のように泳いでいたはずだった。

「そうなんですかぁ？　じゃあ、わかりましたぁ」

じゃあ？　じゃあ、とはどういうことだ、じゃあ、とは。口には出さなかった。

女は、「わかりました」という言葉とは裏腹に、全然納得していない顔で、端末をいじり始めた。

「えっとぉ、11852番のかたはぁ……、あれ!?」

「ど、どうしたんですか？」

「なんかこの人ってぇ、途中でリタイアしたみたいですよぉ」

「いや、そんな情報はいらないんですよ。名前とか、そういうことを教えてください」

なんだろう、このイライラする感じは？

「はぁい。名前だけでいいんですかぁ？」

「いえ、そこにある情報、すべて教えてください」

そうして教えてもらった情報を、手帳に書き留めた。

真鍋知子《まなべともこ》、三十三歳。住所は、台東区竜泉《たいとうくりゅうせん》三丁目。勤め先は、財団法人・東京都風俗環境健全化協会となっていた。

台東区。東京にいたのか。都会の落とし穴を見た気がした。

事件が解決した日の夜は、一人焼肉の後に一人カラオケに行って、一人で弾けちゃうのを自分の中での恒例行事にしていたが、この日はまっすぐに家に帰った。

それにしても彼女の苗字だ。

真鍋——。

真鍋？　真鍋ってなんだ？

真鍋という苗字に、まったく馴染《なじ》みがなかった。彼女の旧姓でもない。

それでも知子という名前は、米沢の別れた女房と同じだった。年齢も同じだ。だから米沢は確信していた。この人物は、別れた女房に間違いない。

しかし、真鍋——。

まさか、再婚しているとか？

再婚？　再婚してしまったのか？　いやいや、なにか事情があるに違いない。でも、苗字が変わる事情ってなんだろう？　やっぱり再婚以外に考えられない。再婚？　やっぱり再婚してしまったのか？　いやいや——。

そんな堂々巡りにも似た悶々《もんもん》とした思いを抱えたまま、米沢はまんじりともせずに、朝を待った。

「まーくん、久しぶりね」

米沢は、知子と再会していた。場所は、小洒落たバーのカウンターだった。

「そうだね」

米沢は短く答えた。声がいつもより低かった。なぜか、ハードボイルド映画の主人公みたいな声だった。

「相変わらず、忙しそうね」

「うん、まあな。本庁は、いろいろと事件が多いからな」なぜか口調も、いつもの自分とは違う気がした。それでも米沢は続けた。「この前のマラソン大会、じつは爆弾テロの標的にされてたんだぜ。だけど、おれが犯人を見つけ出して、未然に防ぐことができたんだぜ」

一人称に「おれ」なんて言葉を使ったのは、何年ぶりだろう？　しかも語尾には「だぜ」ときた。米沢は、そんなことを考えていた。

「え、そうだったの？」知子が、潤んだ瞳を向けてきた。「じゃあ、わたしは、二度もまーくんに命を助けられたってことになるのね」

米沢は、知子と出会ったときのことを思い出していた。

知子は、とある事件に巻き込まれ、犯人側の人質となってしまった。だが、米沢の機転によって事件は解決し、知子を、傷ひとつ負わせることなく救出することに成功したのだった。

そして二人は、それがきっかけで、交際を始めた……。

あれ？　そんなワイルドかつドラマチックな馴れ初《なそ》めだったかな？

全然違うような気もするが、よく思い出せない。一昨日の夕食になにを食べたか？

そんなことを思い出すときのようなもどかしさを感じた。

「そんな古い話は、忘れちまったよ」

そしてなぜか、ハードボイルド映画の主人公みたいなセリフが飛び出した。

「変わってないのね」

「ああ。人は、そう簡単には変わることはできないからな」

そんなふうに答えたが、自分はいつからこんなクールなキャラになったのだろうか、
という疑問が頭の中を渦巻いていた。

「そうね……。でもわたし、考えてるんだ」

知子は細い指で、カクテルグラスの縁をなぞっていた。

「なにをだい？」

「そろそろ、まーくんのところに戻ってもいいかなって」

そのカクテルグラスの中身の、淡いグリーンの半透明の液体に語りかけるような口調だった。

「そうかい？」

「わたしは、変わると思っているから……」知子は顔を米沢に向けた。「ねえ、まーくんは、どう思ってるの？」

「おれは……、ちょっとトイレに行ってくる」

米沢は、スツールを下りた。

「もう、いつもそれなんだから。そういうところも、相変わらずなのね」

「ハハハ」

米沢は、振り返らずに、乾いた笑いで答えた。

ちょっと、なにこれ？　この夢みたいな展開？　このままヨリが戻っちゃうとか？　そんな簡単なことでいいの？　いいわけ？　いいかな？　いいとも！

上がり続けるテンションとは対照的に、勢いのない小便をすませて、米沢は洗面台に向かった。入念に手を洗いながら、この後の展開を考えていた。

──そうだな。もう一回、やり直してみようか。

そんなふうに自分が言えば、ヨリが戻ってしまうのではないか。そして二人でうちに帰って、二人でドアを開けて、二人で明かり消して……。

そんなことを考えながら、ふと顔を上げると、目の前の鏡の中では、ハードボイルド映画の主人公みたいな、濃い顔の男がこっちを見ていた。思いっきり目が合った。ラテンの血が混ざったハーフにも見える。髭も濃いし、胸毛もたんまりと生えていそうだった。

「え、なんで？」

鏡の中のハードボイルド映画の主人公みたいな男も、同じように驚いていた。

「え、なんで？」

もういちど同じ言葉が飛び出た。

自分の顔を触ってみた。鏡の中のハードボイルド映画の主人公みたいな男も、同じようにものすごい勢いで顔を触っていた。

これはつまり、自分の顔が、ハードボイルド映画の主人公みたいな顔になってしまったということだ。そういえば声も微妙におかしかった。キューティクルたっぷりの黒髪も、コンパスを使って描いたようなまん丸な輪郭も、まったく面影がなくなっている。よく見ると、顎《あご》までぱっくり割れちゃってるじゃないか！

え、なにこれ？　どういうこと？　これは夢？　やっぱり夢？　ここはどこ？　わ

たしは誰？　なんじゃあ、こりゃあああ⁉

パニックにも似た疑問が大爆発を起こしたところで、目が覚めた。

やはり、眠っていたようだ。無理もない。昨日は大事件に立ち向かうために、一日じゅう神経を張り詰めていたのだった。

そもそも知子との出会いは、とあるレストランだった。

非番のある日、その店で、米沢は一人で昼食を食べていた。食事を終えて、会計のために財布を取り出そうと、ズボンの尻ポケットを探った瞬間、凍りついた。財布がない。家に忘れてきてしまったのだ。

今思い出しても、心臓がバックンバックンする。その瞬間は、地面にぽっかりと穴が開いて、大げさではなく奈落の底に転落してしまう気持ちを味わったのだ。

とにかく突如として、米沢史上最大のピンチに陥った。いや、のん気にエビピラフなんかを食べていたときから、もう悲劇の幕は上がっていたのだ。自分が気づいていなかっただけで。

いろいろなことが頭を過《よ》ぎった。

労働奉仕？

皿を洗って、食事代を埋め合わせる。そんな話は、昭和のドラマなんかの中でしか見たことがない。

誰か知り合いに電話をして来てもらう？

しかし携帯電話も忘れていた。代わりにポケットには、なぜかテレビのリモコンが入っていた。携帯電話と間違えて持って出たようだ。この経験は、初めてではなかった。生まれながらにしておっちょこちょいの自分を恨んだ。

吐いて戻す？

無理無理。

走って逃げる？

もっと無理。

自分は警察官だ。無銭飲食などできるわけがない。ちなみにそのころの米沢は、まだ所轄署の地域課に勤務するおまわりさんだった。

どうしよう？

米沢は、身体じゅうのポケットをまさぐって、あるわけがない財布を探すふりをしていた。永遠とも思える長い時間が経過していた。実際は、一分にも満たないわずかな時間だったかもしれない。

「どうしたんですか？」

　隣で、同じくお一人様で食事をしていた女性が声をかけてきた。きれいな女性だった。店に入った瞬間、きれいな女性だな、と気になっていた。お近づきになりたい、と思っていたが、お近づきになれるとは思っていなかった。結論から言うと、その女性が知子だった。

「お恥ずかしい話ですが、財布を忘れてきてしまったようで……」

　恐らくそのときの自分は、照れ笑いともベソ泣きともいえない、不気味な顔をしていたはずだ。

　知子は、うふふ、と笑ってから、「じゃあ、わたしが払っておきますね」と言って、米沢の伝票に手を伸ばした。

「そ、そんな……。そんなことをされては、困りますです」

　意味不明の語尾とともに、米沢も慌てて伝票に手を伸ばした。だが、彼女の手が一瞬早かった。

「いいんですよ。いつも、ただで聴かせてもらってますから」

「はい？」

　いったい、なんのことかわからなかった。

「路上ライブ。よく歌ってらっしゃいますよね」

知子は、ガラス張りの店内から、駅前広場に視線を向けた。

「ああ」

米沢は合点した。

そのころの米沢は、公休日が土日に重なると、ギターを持って、その駅前広場で路上ライブをやっていたのだ。

「ホントは、お金を差し上げたいといつも思っていたんですけど、そういうの、置いてらっしゃらないから」

そういうの、とは、投げ銭を集めるための器のことだろう。確かに米沢は、その手のものを置いていなかった。ただ歌いたかっただけなのだ。

それをきっかけに、知子とお近づきになり、ほどなく交際が始まって結婚した。

財布を忘れたと気づいた瞬間は、大げさではなく、心臓が止まりそうだった。

命を助けてくれたのは、知子のほうだった。

だいたい「まーくん」なんて呼ばれたことも、いちどたりともありはしなかった。

翌日の月曜日、非番だった米沢は、さっそく知子の勤め先である、財団法人・東京都風俗環境健全化協会に向かった。

　勝負メガネを着けて出かけたことはいうまでもない。じつは米沢は、同じ黒縁のメガネでも、微妙に形状の異なるものを十個以上所有していた。他人にその違いはまったくわからないかもしれないが、一番のお気に入りのものを、特別な日にしか着けない勝負メガネにしていたのだった。最近では特別な日自体があまりないので、このメガネの出番も極端に少ない、むしろ皆無といっていい状況だったわけだが。

　財団法人・風俗環境健全化協会――通称・風健協は、全国防犯協会から枝分れした公益法人。いわゆる警察庁の外郭団体だ。そして東京都風俗環境健全化協会――通称・都風協は、風健協の下部組織にあたり、すべての都道府県に同様の組織が存在する。

　日比谷線の入谷《いりや》駅からほど近い千束《せんぞく》に事務所を構える都風協は、その名のとおり、東京都の風俗環境の健全化を目的として活動している。日本一のソープランド街である吉原の目と鼻の先のこの場所に事務所があるのもその理由からだろう。

　しかし風健協の主な収入源は、パチンコ業界からということになっている。パチンコ台には、一台一台に「Pシール」なるものを貼りつけることが義務づけられているが、その「Pシール」を発行しているのが風健協だった。一枚百五十円。新台としてパチンコ店に設置される際には、必ずこのシールを貼らなくてはならないので、シール代だけでも年間億単位の金が入ってくるわけだが、もちろんそれだけで、各都道府県にある下部組織までもを運営することはできないので、税金もふんだんに投入されている。つまり、パチンコ利権の象徴のような組織であるとともに、警察職員にとっては優良な天下り先となっているのだった。

地下鉄の駅から地上に上がり、都風協へと向かう道すがら、米沢は、身悶《みもだ》えるような葛藤に襲われていた。

会いに行くべきか否か。

それは、自分自身に対する根本的な疑問を含んでいた。

自分は、知子に会ってどうするつもりなのだろうか。

連れ戻す?

それは無理だろう。

今さらヨリを戻せるとは思っていない。

それでは、なんのために知子に会いに行くのだろうか。

自分でもよくわからなかった。

会えば、傷を深めることになるかもしれない。しかし、ここで会いに行かなければ、一生後悔することになるかもしれない。

会いたいのか、会いたくないのか。それすらもよくわからない。

せっかく所在を知ることができたのだ。これもなにかの運命だと思い、米沢は、怖気《おじけ》づく足に無理やり言うことをきかせて、都風協へと三度足を向けた。

行きつ戻りつを繰り返して、地下鉄の駅から十分ほどの道のりに三十分を要して、米沢は都風協へとたどり着いた。


「真鍋なら、一週間ほど休暇をとっておりますけど」

応対してくれた、パンチの効いたルックスのおばちゃん事務員はそう告げた。

「そうですか」

米沢の胸のうちには、安堵と落胆の入り混じった複雑な感情が湧《わ》いていたが、運命の瞬間を先送りにできたことで、安堵する気持ちのほうが大きかった。

やはり、別れた女房と再会する心の準備はまだできていなかったようだ。

「それでは来週、また出直します。あ、わたしが来たことは、できれば真鍋さんには内密にお願いしたいのですが」

「はあ」

口止めの意味を思案していたおばちゃん事務員になにか訊かれる前に、米沢はさっさとその場を辞去した。

事務所が入ったビルの前で、手帳を開く。そこには昨日書き留めた、知子の現在の住所も記されている。

台東区竜泉三丁目。ここから三ノ輪《みのわ》方面に十五分ほど歩いたあたりだろう、と見当をつけた。

知子は再婚している可能性がある。家を訪ねれば、それははっきりするだろう。恐いもの見たさ。臭《くさ》いもの嗅《か》ぎたさ。不味《まず》いもの食べたさ。

よくわからないが、そんな感覚だ。

とにかく、知子の家に行ってみようと思った。

知子の現住所は、築数十年は経ていそうな、安普請のアパートだった。鉄製の外階段には、錆《さび》が浮いている箇所も目立つ。各部屋のドアの横には、洗濯機が設置されていた。

知子の部屋は二階だが、一階の階段脇に集合ポストがあり、知子の部屋には、「真鍋知子」とだけ記されていた。どうやら一人暮らしをしているらしい。

再婚はしていないようだ。なぜ苗字が「真鍋」なのかは不明だが、アパートの佇《たたず》まいからは、あまり良い暮らしぶりをしているとはいえない気がした。

今、あの部屋の中には、知子がいるかもしれない。そうは思ったが、なぜか浮かない気分だった。

結局米沢は、知子の部屋の呼び鈴を鳴らすことなく、そのアパートを後にした。

2

二日後の水曜日、本庁鑑識課の米沢に、出動要請がかかった。

台東区竜泉三丁目のアパートで、女性の変死体が発見された、という事案だった。

現場であるアパート名に、米沢は覚えがあった。一昨日に訪れた、知子が住んでいるアパートだった。

嫌な予感がした。

胸騒ぎと呼ぶには激しすぎる、胸を強烈に押しつぶすような息もできないほどの圧迫感を抱えたまま現場に到着すると、大きなビニールシートで玄関部分が覆われている部屋は、知子の部屋だった。

嫌な予感は、あっさりと的中してしまった。

こんなことがあるのだろうか。あっていいのだろうか。

知子の消息を知ったそのわずか三日後に、彼女が死んでしまうなんて……。

再びの夢オチを期待した。夢だと思いたかった。夢であってくれと願った。

だが、悪夢のような現実からは、覚めることができなかった。

あまりに残酷だと思った。

米沢は、サラサラヘアーをかきむしりたい衝動を、なんとか堪《こら》えた。

知子の顔を思い出そうとした。浮かんでくるのは、沈んだ表情をした知子ばかりだった。家を出て行くころによくしていた表情だ。

もっと楽しげな顔をしていた瞬間もたくさんあるはずだったが、なぜかうまく思い出すことができなかった。

一昨日は上ることをやめた、錆《さび》の浮いた階段を使って二階へ。二〇三号室。米沢は、知子の部屋へと向かった。

古い造りの部屋だった。今ふうにいえば、1DKということになるのだろうか。

玄関を入ってすぐに、フローリングというよりも板張りと呼ぶほうがふさわしいスペースがあり、そこにダイニングセットが置かれていた。

部屋を仕切っているのは襖《ふすま》で、その奥は六畳ほどの部屋となっており、ベッドとテレビが見えた。家具は多くない。

そして奥の部屋のベッドの上に知子は倒れていた。

――知子……。

悶絶《もんぜつ》死。

目を見開いて、苦悶《くもん》の表情のまま息絶えていた女性は、やはり知子だった。

衝撃は数拍遅れてやってきた。米沢は、金縛りにあったように動けなかった。

現場は、所轄署である千束警察署の刑事課の捜査員と鑑識係など、多くの人間たちが忙しく動き回っていて慌しかったが、米沢は、突如知らない場所に放り出されてしまったかのような心細さを感じていた。自分の周りだけ、時間が止まってしまったかのようだった。

米沢は、ゆっくりと遺体となった知子に近づいた。そして遺体の顔に、自分の顔を近づけていった。

「死因は、恐らく青酸化合物による中毒ですね」

後ろから声をかけられ、ビクリとして振り返った。声をかけてきたのは、「一機捜」の腕章を嵌《は》めた、第一機動捜査隊の隊員だった。

強い毒性をもつ青酸化合物。シアン化カリウム、シアン化ナトリウム――つまり青酸カリ、あるいは青酸ソーダ。

「そうですか……」

米沢は、我に返った。

いま自分は何をしようとしていたのだろうか。無意識のうちに、遺体の唇に口づけしようとしていたのではないのか。その唇は、赤く爛《ただ》れたように腫《は》れていた。

ほかの捜査員たちは、今の米沢の行為に、特段不審を抱かなかったようだ。青酸ガス特有の、いわゆるアーモンド臭を確認しようとしている姿に映ったのかもしれない。

遺体の死因は、青酸カリによる中毒。

青酸カリは、胃の中に入ることで胃酸と反応し、猛毒のシアン化水素を発生する。だから青酸カリで中毒死した遺体と口づけをしても、それによって死に至ることはありえない。しかし米沢は、それで死んでしまっても構わないと思っていた。

知子がいなくなってしまった世界には、生きている価値などないと思ったのだ。

知子が死んでしまった。それも、こんな寂れたアパートの一室で。

それでも米沢は、私情を振り払って検分作業にかかった。いや、私情は完全には捨てきれていなかったかもしれない。鑑識作業は、外周から内側へと進むのが鉄則だ。この現場であればアパートの入口から始めるのがセオリーだったが、米沢は遺体の検分から始めたのだ。もちろん、他の鑑識課員が外周からの検分を行なってはいたが。

いつもは、両手を合わせて、心の中で「南無阿弥陀仏」を唱えてから遺体の検分作業を始める米沢だったが、この日はしなかった。弔いの念仏は、後でゆっくりと唱えさせてもらうつもりだ。

「第一発見者は、近くに住んでいるこのアパートの大家です。一昨日の晩から、部屋の電気がつけっぱなしになっていたらしく、気になって部屋を訪ねたそうです。応答がないので、合鍵を使い部屋に入った、とのことです」

「で、ホトケを発見したってわけか？」

「ええ」

「よし。一昨日の晩に、なにか変な物音を聞かなかったか、あるいは不審な人物を見なかったか。念のため、周辺住民の聞き込みにあたってくれ」

「はい」

捜査員たちの、そんなやりとりが耳に入る。

一昨日の晩。その言葉に、米沢は引っかかった。それは、自分がここを訪ねた数時間後を意味していた。

それでも米沢は、努めていつもと変わらぬ態度で作業を進めた。

この女性が自分の元嫁であることが周囲に知れれば、自分はこの現場から外されてしまうだろう。それだけは避けたかったのだ。その思いが、米沢の平静を辛うじて保っていた。知子が死んだこの現場から外されるわけにはいかない。

死因となった青酸カリは、透明の四角い小さなビニール袋に粉末の状態で入ったものが、ベッドのサイドボードの上に置かれていた。ビニール袋は切られていて、中には微量の白い粉末が残っていた。

そのビニール袋の形態に、米沢は馴染《なじ》みがあった。四辺をライターなどで炙《あぶ》って密閉する、密売される覚せい剤を入れる際によく使用される、パケと呼ばれるものに似ていた。つまりこの青酸カリも、違法なルートから入手したであろうことが推察される。

青酸カリを服毒した際に使用されたと思われる、五〇〇ミリリットルのミネラルウォーターのペットボトルは、ベッドの脇に転がっていた。中の水も一緒にこぼれたのだろうが、それは乾いていた。

そのほかに、サイドボードの上には一枚の紙切れが置かれていた。

——悔しいです。こんな結果に終わって、残念でなりません。

ノートの一ページを破り、さらにそのページを小さく破ったと思われる紙片には、たった一行、そう書かれていた。

米沢は、写真係に写真を撮っておくように頼むと、その紙片を、証拠保存用のビニール袋に収めた。紙片があった場所には、記号の書かれたプレートを置く。

「それは、なんですか？」

米沢が、ビニール袋の中の紙片を見つめていると、先ほどの、機捜の隊員が声をかけてきた。考えていたのは、知子の書く字はこんな字だったかな、ということだ。

「遺書の類《たぐ》いかと思われます」

この紙片が、「遺書」と呼ぶにふさわしいか疑問はあるが、米沢はそのように答えた。

「遺書、ですか」

機捜の隊員が答えたそのとき、入口が騒がしくなった。

視線を飛ばすと、男が一人、部屋に入ってきた。飛び込んできた、と表現するほうがふさわしい勢いだった。

「知子！　知子が自殺なんかするわけがない。放せ、放してくれ！」

しかし男は、他の捜査員に取り押さえられるようにして、すぐに部屋から出された。

「なんだ、ありゃあ？」

機捜の隊員が、素《す》っ頓狂《とんきょう》な声を上げた。

「さあ。ホトケの関係者ですかね」

それに答えたのは、別の機捜の隊員だった。

知子、と彼女の名前を口にしていたということは、彼女の知り合いなのだろう。もしかしたら、今現在つきあっている男なのかもしれない。いや、きっとそうだ。男のことが気になったが、彼から事情を聞くのは、自分の仕事ではなかった。それでも米沢は、自分とはかけ離れた精悍《せいかん》なマスクをもったその男の顔を、脳裏に刻み込んだ。

東京都監察医務院の検案班の監察医が到着し、遺体の検案作業が開始された。死因は、青酸カリによる中毒死と特定されたが、遺体は、より詳しい検死を行なうため、監察医務院に搬送されることとなった。

なんとも嫌な色だと思った。

米沢は、それを何度も見たことがあったはずだったが、こんな禍々《まがまが》しい印象を感じたのは初めてだった。

一見すると黒いが、よく見ると若干緑色が混じった深緑色の、ナイロンターポリン製の遺体収容袋が、現場に運び入れられた。

「ちょっと、あなた。なにをやってるんですか?」

「あ、いや、失礼」

知子が袋に入れられてしまう前に、米沢は、知子の着衣に手を伸ばした。ブラウスのボタンを外して、乳房を露《あら》わにさせた。

「ちょっと確認を。どうぞ」

米沢がそう言うと、係官は、すぐに遺体を袋に収容し、作業を邪魔された苛立《いらだ》ちを表現するかのように、派手な音を立てて、ファスナーを閉めた。

もちろん米沢の行動は、最後に知子の乳房をこの目にしっかりと焼き付けておこう、などという邪《よこしま》な動機からではなかった。

知子の右の乳房。その乳首の横にあるはずの、特徴的に二つ並んだ双子ぼくろがなかったのだ。

3

真鍋知子は、知子ではない。いや、名前が知子ではあるわけだから、知子には違いないのだが、米沢の別れた女房である知子ではないのではないか。

昨日、知子のほくろを確認した際に、突如湧《わ》き上がった希望にも似た憶測を抱えたまま、米沢は、翌日の昼を待って、東京都監察医務院に連絡を入れた。

昨夜の遺体の血液型を問い合わせるためだ。

遺体の検死作業は通常、翌朝から行なわれる。昼には、大方の所見は出ているはずだった。

そして、真鍋知子の血液型はO型だった。知子の血液型はA型。

これで、真鍋知子が、別れた女房とは別人であることが判明した。

――違った。

あれほど瓜二《うりふた》つな人物がこの世に存在することが、にわかには信じられなかったが、それが事実だった。

その瞬間、米沢の中で劇的な変化が起こった。胸や脳みそを締めつけるような圧迫感が、嘘みたいにきれいさっぱりと消え失せた。身体に覆い被《かぶ》さっていた幾重もの重しが、ぽとりと音を立てて、剥《は》がれ落ちた気分だった。

なんだろう、この、世界が一変してしまったような感覚は?

知子がまだこの世のどこかで生きている。それだけで、この世は希望に満ち溢《あふ》れた世界に思えるのだった。

同時に、例の「遺書」の筆跡鑑定結果も出た。まだ簡易鑑定の段階だが、部屋にあった真鍋知子の手帳に書かれた文字と照合することで、真鍋知子本人が書いたものと断定された。

現場には争った形跡もなく、鍵も内側から施錠されていた。合鍵の存在は不明なため、完全な密室とはいえないが、真鍋知子本人所有の鍵は、部屋の中から発見されていた。

鍵はピッキングなどで開錠可能なタイプのものだったが、ドアノブのシリンダーには、ピッキングされた形跡はなかった。

そして、青酸カリが届けられたと思われる、真鍋知子宛の封筒が、室内から発見された。一課はすぐに差出人を当たったが、架空の名義だった。恐らく真鍋知子は、いわゆる自殺用の青酸カリを、インターネットを通じて購入したのだろう、と思われた。

覚せい剤などの違法薬物同様、この手の毒物も、インターネットで容易に入手できることは、警察も把握していた。

しかし、真鍋知子の携帯電話および自宅のパソコンからは、彼女がその種の業者に注文した履歴は見つからなかった。だが、注文だけなら、ネットカフェなどからでもできる。恐らくこの手の取引は、先に代金を振り込んでから品物が送られてくるものなのだろうが、彼女が代金の振込みをしたという物証も出ていない。しかし、これらの裏を取る作業は、事実上不可能だとも思われていた。

自殺のセンが濃厚――。

捜査一課は、事件性は薄い、という見立てでいるようだった。

そして詳しい検死の結果から、現場では判明しなかった死亡推定時刻が明らかになった。それは三日前――月曜日の晩から未明にかけて。つまり、米沢があのアパートを訪れたときには、真鍋知子はまだ生きていたことを意味していた。

そして、その夜に彼女は自殺した。

その事実に、米沢は激しく動揺した。

あのときに、自分になにかできることはなかったか？

もしあの日、あのアパートの部屋を訪ねて、真鍋知子と対面したとしても、その場で、自分の別れた女房ではないことが発覚しただろう。

それだけだ。彼女に自殺を思いとどまらせることができたとは思えない。それ以前に、彼女が自殺を考えていることなど、夢にも思いはしなかったかもしれない。

しかし、と米沢は思うのだった。

自分が訪ねていれば、彼女は死なずにすんだかもしれない。

そう考えずにはいられなかった。

なにかが変わったかもしれない。

自分を責める道理はないのかもしれないが、米沢はなんとも後味の悪い思いを抱えていた。

鑑識課で、ビニール袋に入った「遺書」を見つめていた米沢の元に、あのアパートの所轄署である千束警察署の刑事課の刑事が訪れた。

その相原《あいはら》誠《まこと》と名乗る刑事に、米沢は見覚えがあった。昨日、知子が自殺なんかするわけがないと騒いで、現場から連れ出されたハンサム男だった。

「刑事さんだったんですか」

「昨日はみっともないところをお見せして、失礼いたしました。ところで米沢さん、ちょっとお伺いしたいのですが」

「ええ」

米沢は身構えた。相原の顔つきが、そうさせたのだ。

「あなたは、真鍋知子さんが遺体で発見される前々日に、彼女の職場に、彼女を訪ねていますね。それはどうしてです？」

「それは、じつにお恥ずかしい話なのですが……」

やはりその件か、と思った米沢は、そう前置きしつつ、事情を説明した。マラソン大会で見かけた彼女が、自分の別れた女房に似ていたものですから。

「別れた奥さんに……？　そうでしたか」

「結局、別人だったようです。でも、あまりにも似ていたもので……」

「なるほど、すごい偶然ですね」

感心しているのは言葉だけで、米沢の話を、丸っきり信じていない口ぶりだった。

「ということは、彼女との面識は？」

「ありませんでした。……まさか、自分がなにか疑われているとか？」

「いえ、そういうわけではありません。念のためです」

言葉とは裏腹に、相原の目つきは疑いの色を隠していなかった。被疑者を目の前にしている刑事の目つきだ。

「また何かありましたら、事情を伺いに参りますので」

相原はそう言い残すと、入ってきたドアに向かった。

「はあ」

米沢は、曖昧《あいまい》に言葉を返した。

「おい、相原――」

そこに、相原と入れ違うようにして、別の男が入ってきた。

男は、廊下に出た相原に、そこで待ってろよ、と告げると、米沢の元にやってきた。

「どうも。千束警察署の桑田《くわた》と申します」

「ああ、相原さんの同僚のかたですか」

「ええ、まあ……。すみませんでした。ヤツが、なにか失礼なことを言いませんでしたか?」

そう言って桑田は、ドアの向こうに待機させた相原に視線を送るように、後ろのほうへ目を向けた。

「いえ、とくには」

「そうですか。いや、じつはですね、今回亡くなった女性が、ヤツの元の嫁さんでしてね」

「え！　元の嫁……？」

驚くと同時に、納得していた。だから、現場であんな大騒ぎをしていたわけか。

「ええ。それでどうもヤツは、彼女が自殺なんかするわけがないと思い込んでいるようなんですよ。まあ、そう思いたいというのも、わからんではないのですが」

「そうでしたか。でも、そんなにホトケと関係の深い人間が事件を担当するとは、意外ですね」

「もちろん、今回の件からは外されていますよ。ですが、言うことを聞かんのですよ」

「なるほど」

どこの組織にも、はねっかえり体質の人間というのはいるものなのかもしれない。

「ヤツがなにを訊きにきたか存じませんが、気を悪くせんでください」

桑田は、同僚刑事の非礼を詫《わ》びると、鑑識課を後にした。

元の嫁——。

その言葉が、米沢の頭に、こびりつくように残っていた。

夜になって米沢は、千束警察署の刑事課の警電を鳴らした。相原に、お悔やみを告げるためだ。

そんな気になったのは、真鍋知子が自分の別れた女房ではなかったと判明したときに、喜びを感じてしまったせいかもしれない。誰かにとってかけがえのない人物が死んでしまったことになんら変わりはないのにもかかわらず、自分は愚かにもはしゃいでしまったのだ。

相原というあの刑事は、米沢自身が真鍋知子の遺体を前にして、別れた女房である知子が死んだと思ったときに経験した、気が狂いそうなまでの激しい衝撃を味わっているのだ。

米沢の衝撃は、勘違いが判明した瞬間に消え失せたが、相原のそれは本物なのだ。そして、今もなお続いているはずだった。

「すみません」

謝ったのは、いろいろな感情がない交《ま》ぜになったせいだろう。

「自分があのとき、真鍋さんの部屋を訪ねていれば、なにか違った結果に導くことができたかもしれません」

「いえ、米沢さんが責任を感じることではありませんから」

無機質な声だった。努めて事務的な対応をしようとしているように感じられた。

それでも、相原の無念な思いは、受話器を通してもひしひしと伝わってくるようだった。

「ところで」と、相原は水を向けてきた。「米沢さん、あの『遺書』は、本当に知子が書いたものだったんですか？」

「ええ、残念ながら、書かれた文字は、真鍋知子さんの筆跡と一致しました」

「それは、科捜研から上がってきた鑑定結果ですか？」

「ええ」

どうやらこの男は、自分をまだ信用してはいないようだ。

「そうですか……」

受話器の向こうで、相原が落胆している様子が見えた。

「相原さんが、今回の件が自殺ではないと思う根拠はなんですか？」

逆に質問してみた。

「それは……、いわゆる刑事の勘、というやつでして」

「そうですか」

なにか決定的な材料があるのかと思ったが、そうではないらしい。もちろん、自殺を否定する物証があれば捜査方針にも影響してくるわけで、当然、自分の耳にも入ってくるはずだった。米沢は続けた。

「じつは自分も、少し気になることがありまして」

「え、なんですか？」

「あの『遺書』なんですが、本当に真鍋知子さんが書いたものなのかどうか、という
のが、どうも納得しかねるところでありまして」

「でも、筆跡が一致したと……？」

「ええ、そうです。彼女が書いたものに間違いはないんですが、言い方が悪かったで
すね、本当に『遺書』としてしたためたものなのかどうか」

「それはつまり、どういうことですか？」

「自分は、あの『遺書』は、偽装されたものなのではないかと疑っております」

「それは、どうしてです？」

受話器が相原の興奮を伝えてきた。期待を伴う興奮だ。

「いや、まあ、それは、鑑識課員の勘、とでも申しましょうか」

「そうですか……」

相原の声は少し沈んだ。

なにか決定的な試料があるわけではない今の段階では、そうとしか言えないのも事

実だった。しかし、ノートの切れ端とも思えるあの紙切れは、遺書というにはどうにも味気ないものに思えるのだ。

自殺にしろ他殺にしろ、今のところ、その原因がはっきりしていない。元の旦那である相原に、自殺の動機が思い当たらないのなら、それはなかなか見つけられないかもしれない。

しかしそれは、他殺についても同様のことがいえる。近隣への聞き込みの結果、真鍋知子がなんらかのトラブルを抱えていた、という証言は得られなかった。ご近所トラブル、といった類《たぐ》いのものが原因とは考えにくい。

ただ、初動捜査の段階で、自殺、他殺、どちらについても決定的な物証、あるいは動機が発見されていない今回の事案の決着は、長いものになるだろうと感じていた。

それも、いわゆる鑑識課員の勘でしかないのだが。

米沢の答えは、相原の期待に答えられるものではなかったようだ。

期待と落胆、どちらともとれない間《ま》を挟んで、受話器が声を発した。

「米沢さん、折り入って、お話ししたいことがあるんですが」

相原が再び米沢の元を訪れたのは、翌日の午後だった。

相原の険のある目つきが気になる。

「まずは、相原さんの誤解を解きたいと思いまして」

「誤解、ですか？」

「ええ」

米沢はそう答えつつ、自分の携帯を取り出した。

「これが、自分の別れた女房の、知子です」

携帯に保存された写真ファイルを開いて見せた。それは、米沢の別れた女房である知子の写真だった。

現在のものとは比べものにならないくらい画素の少ない画像。

カメラ付き携帯電話が発売されてすぐに、米沢は端末を購入した。元来、そういう新しいテクノロジーには目がない性分なのだ。

米沢が持っている知子の唯一の写真。知子はこの写真の笑顔のすぐ後に、出ていったのだった。

その画像だけは、携帯を買い換えるたびに、新しい端末にコピーしていた。

お気に入りの一枚。人に見せたのは、初めてかもしれない。

「これは……」

粗い画像だが、それでも意図は充分に伝わったようだ。「そっくりでしょう？　真鍋知子さんに」

「ええ……」

「お見せしたのは、自分が作り話をしていない、ということをお知らせしたかったので」

「そうでしたか。じつはおれ、米沢さんのこと、ちょっと疑ってたところもあったんで。すみませんでした」

「構いませんよ。死亡した当日に、自分は彼女を訪ねてますからね。タイミングが悪すぎますし、刑事なら、なにかしら疑ってかかるのが当然だと思います。しかも、自分は都風協《あそこ》の職員に、訪ねてきたことを口止めまでしていましたから」

「口止め、ですか？」

「ええ。あのときはまだ、真鍋知子さんが、自分の別れた女房だと勘違いをしていたので。訪ねたことを彼女に知られるのは、バツが悪いと思ったものですから」

「ああ、なるほど。そういうことですか」

相原は、納得してくれたようだった。

「それで、話というのは？」

「じつは数日前、彼女から相談したいことがあると言われていたんです」

「相談、ですか？」

「ええ」

「その相談事の内容というのは？」

相原は、ゆっくりと首を横に振った。

「内容は聞いていません。会ったときに話すから、と」

「そうですか」

「かなり深刻な様子だったんで、気にはなっていたんですが、こっちも、例のマラソン大会の爆弾テロ予告事件で忙しくて。うちの管轄は、コースからは外れていたんですが、応援に駆り出されまして。……悔やまれます」

「そういえば、彼女はマラソン大会に出ていたんですよね？　止めなかったんですか？」

「ええ。パニックを防ぐために、一般参加ランナーには言わないようにと、厳重な箝《かん》口令《こうれい》が敷かれていましたから」

そうだった。

そういえば、杉下右京の元嫁の宮部《みやべ》たまきや、亀山薫《かめやまかおる》の嫁の美和子《みわこ》も、あのマラソンには参加していたのだ。彼らもまた彼女たちには、マラソン大会が事件に巻き込まれているかもしれないということは、告げられずにいたのだった。

相談事を残したまま死んでしまった。

米沢は、思考を戻した。

ただ、それだけでは、彼女が自殺するはずがない、という根拠には薄いのではないか、と米沢は考えていた。逆に、悩み事を抱えていたのならば、それが自殺の原因とも考えられる。

と同時に米沢は、別れてからも、相談事を持ちかけられるような関係にあった二人を羨《うらや》ましくも思っていた。こっちは、別れた女房がいったいどこにいるのかも、わからないというのに。

「自分は、知子がなにを悩んでいたのか、それを調べてみようと思います。米沢さんに、あの『遺書』が偽装されたものじゃないか、と言ってもらえたので心強いです」

「いや、それは……、それを、本部の公式見解とされると、こちらとしても困るわけなんですが」

「わかってます。鑑識課員の勘、ですよね」

「恐れ入ります」

「ところで、その米沢さんの『鑑識課員の勘』っていうのは、よく当たるんですか?」

「え? いや、まあ、バースの生涯打率と同じくらいと思っていただければ」

「バース? なんですか、それは?」

「え、バースをご存知ない? 一九八三年に来日して阪神に入団して以来、史上最強の助《すけ》っ人《と》といわれ、八五年の日本一にも貢献し、八五年と八六年には、なんと二年連続の三冠王も達成したという――」

「いやいや、バースは知ってますよ」

相原に止められた。じつは熱狂的なタイガースファンでもある米沢は、バースのことを語り始めたら止まらないのだ。

「現在は、地元オクラホマで牧場を経営するかたわら、州議会の上院議員としても活躍しています」

「だから、バースの情報はいらないですから」

「そうですか……」

「ええ。それに、バースの生涯打率って、いくらすごいとはいっても、三割台ですよね?」

「三割三分七厘です」

米沢は、自分のことのように胸を張る。

「ってことは、約三分の一強ってことですよね」

「充分すごいじゃないですか。三打席に一回はヒットが出るってことなんですよ」

「そりゃあ、野球だったらすごいですけど」

「ああ、そういうことですか」

相原はあからさまに目を細めたが、米沢は気にしなかった。なにしろバースだ。

「神様、仏様、バース様」のバースだ。もはや神の域にまで達していた男なのだ。それに、米沢が打ってほしいと思ったときには、必ずバースは打ったのだった。それもヒットではなく、ホームランのことのほうが多かった記憶がある。

「なんだか頼りないなぁ」

相原は、子供みたいに口を尖《とが》らせる。

「それでは、自分も一緒に調べさせてください」

「え？」

「捜査から外されたとはいえ、相原さんは調べるつもりなんですよね？」

「ええ、まあ」

「それなら自分を、相原さんの捜査に同行させていただきたいのですが」

そう申し出たのは、やはり自分は、彼女の死を止めることができたのではないか、そう思っているからかもしれない。

あの日、なぜ彼女の部屋を訪ねることを思いとどまってしまったのか。

みすみす死なせてしまった罪悪感にも似た後悔の気持ち——。

しかし、それだけではなかった。

「自分も、どうしてあんな『遺書』が残されていたのか、興味があるものですから。あ、興味などというと不謹慎ですね。やはり、あの『遺書』の真偽を確かめたいので」

「わかりました。一緒に行きましょう」

4

二人が向かった先は、まずは入谷の都風協だった。

知子の職場には、すでに別の捜査員が事情を聞きに足を運んでいる。そのときに、米沢と名乗った本庁の警察官が、真鍋知子の遺体が発見される前々日の昼間、つまり彼女が亡くなる数時間前に、その彼女を訪ねてここを訪れているという情報が上がったのだろう。それを受けて相原は、米沢の元を訪ねて来たというわけだ。

そのときの聞き込みでは、職場の人間からは、真鍋知子が自殺する動機に関して、思い当たるような情報は得られていなかった。逆に、誰かに殺されるようなトラブルに巻き込まれているといった類《たぐ》いの話もなかったらしい。

しかし相原は、

「やっぱり、直接自分で話を聞きたいので」

と言った。

通されたのは、やけに金のかかった応接室だった。革張りのソファ、壁には五十インチのプラズマテレビが設置されている。

「やっぱり金持ってるんですね、ここ」

「そのようですね」

相原の言葉に、米沢も同意した。

この組織は、パチンコ産業や風俗産業から金を吸い上げる、警察庁にとっては集金マシーンの役割を担っている。警察庁はこのほかにも、ドライバーから免許証の更新料の名目で金を巻き上げる交通安全協会など、多くの外郭団体を所管している。だがそれは、警察庁だけが特別というわけではない。利権の獲得や保持に目を剥《む》く他の省庁の集金マシーンの数だって、両手を使って数えても足りないほどだ。

「お待たせしました」

応対に現われたのは、中間管理職丸出しといった感じの、天野《あまの》という職員だった。果たして、出された名刺の肩書きは経理課長となっていた。

「真鍋さんも、経理課にいらしたんですよね？」

まずは相原が質問した。

「ええ。ですから、わたしの直属の部下、ということになりますね」

「どんなかたでしたか？」

米沢が訊いた。

「真面目なかたでしたよ。彼女は、まだ契約での採用だったんですけど、正規雇用にしてもらうために頑張ってましたから」

「誰かに恨まれている、といったようなことは？」

「彼女に限ってそのようなことは、わたしの知る限りありませんでしたね」

「なにかトラブルを抱えていたとか？」

「さあ。それもとくには」

「そうですか。では、なにか悩みを抱えていたというような様子はありませんでしたか？」

「悩み、ですか？　うーん、どうでしょう。自殺されるほどの悩みというのは、あまり思い当たりませんね」

「自殺、ですか？」

「あれ？　真鍋さんは、自殺されたのではないのですか？　前に事情を聞きにいらした警察のかたは、恐らく自殺だろうとおっしゃっていましたが」

「ええ、まあ、そのセンが濃厚ではあるのですが。じつはわれわれは、自殺ではないかもしれないと疑っておりまして」

「えっ、とおっしゃいますと？」天野は、驚いて尋ねた。「なにか物証でも出たのですか？」

物証という言葉に、妙な違和感を覚えたが、ここは都風協だったことを思い出した。

この天野という男も、元は警察官だったのかもしれない。

「いえ、そういうわけではありません。ですが、自殺という決め手もありませんので、今のところは、両面で捜査をしているわけです」

「自殺の決め手？　とおっしゃいますと？」

「まあ、動機、ということになりますかね」

「なるほど、そういうことですか」

「ですので、会社のかたに、いろいろと話を聞かせてもらっても構いませんか？」

「ええ、どうぞ、どうぞ」

天野は協力的に応じてくれた。


「あら、おたくは確か先日、真鍋さんを訪ねていらした……」

最初に話を聞いた相手は、例のパンチの効いた事務員だった。総務課の高橋早苗《たかはしさなえ》と名乗った彼女は、米沢のことを覚えていた。

「ええ。米沢です」

「そうそう、刑事さんだったのよね。もしかして、この前来たのも、今回の件となにか関係があったわけ？」

「いえ、そういうわけではなかったのですが」

「そうよね。確か真鍋さんが亡くなったのは、あの日の夜だって聞いたから」

「そのとおりです」

「じゃあ、どうして？」

「じつは……」

米沢は事情を説明した。

別れた女房に似ていた、と話すのは抵抗があったため、知り合いの女性、ということにしておいた。

その説明には、相原は口を挟まなかった。

「あら、そうだったの」

高橋早苗は、その話にはあまり興味を示さなかった。

「でも驚いちゃったわよぉ。真鍋さんが自殺するなんてねえ。しっかりしてていい子だったのにねえ。でもああいうタイプの子ほど、いろいろ内に抱え込んじゃうのかもしれないわねえ」

このおばちゃんも語尾を伸ばし気味にする話し方をするが、若い女がするほどには気に障らない。

「自殺、ですか？」

この辺に関しては、違う相手に同じことを聞いてまわらなくてはならない。

「ええ。だってこの前来た刑事さんは、そんなふうなこと言ってたわよ。なんていうのかしら、密室っていうの？　部屋は、外部から侵入した痕跡がなかったとか、争った形跡もなかったとか。だからおそらく自殺だろうって」

「ええ、まあ、確かにそのとおりですが」

それにしてもよくペラの回るおばちゃんだと思った。こんなおばちゃんに口止めを頼んだ自分が、ひどく間抜けに思えた。

しかし、この手のタイプのおばちゃんは、考えようによっては便利だ。いろいろと真鍋知子の周辺情報を聞き出すのには、うってつけといえる。

「それで、自殺の原因に、なにか思い当たることはないか、なんて聞かれたんだけど、そんなこと聞かれてもねえ」

高橋早苗は、困るわよ、みたいな顔をしたが、こっちだってそんな顔されても困る。

「ああ、そうそう、そのときに、あなたのことをしゃべっちゃったのよ。月曜日に、米沢さんっていう刑事さんがお見えになりましたよって。口止めされてたのに、ごめんなさいね」

高橋早苗は、特段悪びれる様子もなく言った。

「いえ、それは構いません」

人が一人死んでいるのだ。それくらい話して当然だ。

「じつはわれわれは、今回の件は、まだ自殺とは断定できないのではないか、と考えておりまして」

「え、そうなの？　ってことは、誰かに殺されたってこと？」

「いえ、わかりません。ですが、それを調べている最中でして。真鍋さんが、なにかトラブルに巻き込まれている、といったような話を耳にしたことはありませんか？」

「さあねえ。前に来た刑事さんにも話したけど、とくに思い当たることはないわね」

「誰かに恨まれていた、とか？」

相原が訊いた。

「彼女に限ってはねえ。彼女、真面目だったから」

天野と同じ答えが返ってきた。

「誰か、おつきあいしていたような男性というのは、いらっしゃらなかったのですか?」

相原の手前、尋ねづらい質問だったが、重要事項だ。

「恋人ってこと?」

「ええ」

「いなかったと思うわよ」

「そうですか」

そういう存在があれば、とっくに捜査線上に浮上しているはずだろう。

「一方的に真鍋さんに好意を寄せている、といった人は?」

「どうかしらねえ。うちの会社は、そういう話はほとんどないからねえ。少なくとも、会社内にはいないはずよ」

「そうですか。ところで真鍋さんは、一週間お休みをされていたようですが、その理由はなにか聞いていましたか?」

月曜日に、ここを訪ねたときに、真鍋知子は一週間の休暇中だといわれたのだった。

「さあ、個人的なことだから……」

「一週間ですか?」

割って入ったのは相原だ。

「ええ、そうですけど」

「いえ、彼女は、マラソン大会の翌日は確かに会社を休む予定だと言っていましたが、その次の日からは会社に出ていると言っていたので」

「あのー、失礼ですが、こちらの刑事さんは、真鍋さんとは個人的なお知り合いかなにかで？」

「ああ、彼は彼女の——真鍋知子さんの前の旦那さんでして」

米沢が説明した。

「前の旦那さん？　あら、そうだったの。このたびは……」

高橋早苗は、お悔やみの言葉を並べた。

「真鍋さんの休暇届を見せていただけますか？」

「ええ、構いませんよ。わたしのデスクにありますから、持ってきますね」

高橋早苗は総務課なのだ。

「恐れ入ります」

高橋早苗が自分のデスクに戻ると、米沢は口を開いた。

「すみません。男性関係に立ち入ってしまったりして」

「いえ、そういう情報も必要ですからね」

そんな短いやりとりのあいだに、高橋早苗は戻ってきた。

「お待たせしました。これなんですけど、やっぱり一週間の届になっていますよ」

高橋早苗が差し出した、B5判の用紙を手に取った。

その休暇届を見て、米沢は違和感を覚えていた。

「この休暇届を、お借りしても構いませんか？」

「ええ、どうぞ。なんでしたら、コピー、お取りしましょうか？」

「いえ、この原本をお借りしたいのですが、よろしいですか？」

「ええ、べつに構いませんけど」

米沢は礼を言って、その紙をカバンにしまった。


「どうもありがとうございました」

米沢は、天野に暇《いとま》を告げた。

「ご苦労様です」

「またお邪魔することがあるかもしれませんが、その際にはご協力よろしくお願いします」

「ええ、もちろんです」

「では失礼します」

「あのぉ……」

会社を出ようとすると、天野に呼び止められた。

「なにか？」

「いえね、自殺の動機ということで考えれば、少し気になることが……」

「なんでしょう？」

「いや、でも関係ないかもしれないな」

「いえ、どんな些細《ささい》なことでも構わないので、聞かせてください」

相原も、天野を促した。

「これは、あまり大きな声では言えないんですが」天野は、声を潜めながら切り出した。

「じつは彼女、理事長からセクハラ被害にあっていたようなんですよ」

「セクハラ？」

「ええ、そうなんです」

天野は、いかにも遺憾です、といった表情を作ってから続けた。

「そうか。もしかしたら彼女は、真鍋さんはそれを苦にして、自ら命を絶ってしまっ

「たのかもしれませんね」

天野は、一人納得するように小刻みに頷いた。

「そんな……」

米沢は、言葉を継げなかった。セクハラ被害なんて断じて許せない、と思った。横を見ると相原は、血管が浮くほど両手の拳を固く握っていた。

「それを、あなたがたは、見過ごしていたわけですか?」

相原の口調は尖ったものだった。怒りの矛先を天野に向けるのは道理ではないはずだが、言わずにはいられなかったのだろう。

「面目ありません。ですがセクハラというのは、大変デリケートな問題でして。しかも相手がうちのトップである理事長となると……」

天野は言葉を濁した。察してくれ、ということだろう。

「ふう」

都風協のビルを出ると、相原が大きく息を吐いた。

「セクハラ被害を受けていたなんて、知らなかったな」

相原が、独り言のように呟《つぶや》いた。

「そうですか……」

理事長のセクハラ。

自殺の動機になりえるものが出てきてしまったことは、想定外だった。だが、現代社会に生きる人間は、なにかしら、そういう悩みの種を抱えて生きているものなのかもしれない。自分だって、今、自殺のようなカタチで死んでしまえば、死後、その原因として思い当たるものが出てくるかもしれないのだ。

たとえば――。

思い当たるものがまったく浮かんでこなかったので、考えるのはやめにした。

「知子の相談って、そのことだったのかな」

相原の再びの呟《つぶや》きに、米沢は答えなかった。

確かにそれはあり得る。そしてセクハラ被害を苦に自殺。

――悔しいです。

『遺書』の文面も、そう解釈することもできないことはない。

相原は、憎々しげに建物を見上げていた。

こんなところで働かなければ、理事長のセクハラ行為を受けなければ、真鍋知子が死ぬことはなかったかもしれない、そんなふうに考えているのだろう。

「あの紙、どうするんですか？」

相原は、視線をビルから米沢に移した。

「ちょっと気になることがあったので、本部に戻って分析してみようかと思います」

「分析？　自分もご一緒して、構いませんか？」

「ええ、もちろんです」

相原は人懐っこそうな笑顔を作った。

「そうだ。米沢さん、なんか食べて行きませんか？」

「ええ、構いませんけど」

「お腹減ってるときに、なにか大事なことを決めたり、考え事をしたりしちゃいけないんですよ」

「なんですか、それは？」

「知子の口癖です」

「なるほど」

確かにそのとおりだな、と思った。

「上野に、すごい回転寿司の店があるんです。食べてから行きましょうよ」

「すごい回転寿司の店？　それはもしかして、通常の倍のスピードで皿がまわっていたりするとか？」

「まさか。そんなバカげた回転寿司屋があるわけないじゃないですか。米沢さんて、天然だって言われませんか？」

「天然？　ええ、まあ、人工物ではありませんので天然ですが。親に育てられたという意味では、養殖ではありますけどね」

「それはあんまり面白くありませんね」

「そうですか」

べつに面白いことを言おうと思ったわけではなかった。

アメ横のＪＲのガード下にある、相原お薦めの回転寿司の店で腹を満たしてから、警視庁に戻った。

ちなみにすごい回転寿司の店とは、すごく安くてすごくうまい店という意味だった。

「さて、それではさっそく作業にとりかかりましょうか」

桜田門の警視庁に戻ると、米沢は、都風協から借りてきた、真鍋知子が提出したとされる休暇届を取り出した。

「それの、なにが気になるんですか？」

「まあ、こっちに来てください。顕微鏡で見てみます」

米沢は、鑑識課の奥の「ラボ」と呼ばれている部屋に向かった。

「顕微鏡ですか？　ずいぶん地味な道具を使うんですね」

相原も、ぶつぶつ言いながらついて来た。

「ラボ」に入ると、米沢は、大型の器械に例の休暇届をセットした。

「え？　顕微鏡って、それなんですか？」

相原は目を丸くした。

無理もない。

科学的解析のために開発されたこの特殊な顕微鏡は、顕微鏡といわれて一般的にイメージするものとはかけ離れた姿をしていた。左右に二台のライカ製顕微鏡を装備し、ズーム、フォーカス、フィルターチェンジなどの動作はすべて電動で可動させることができるため、大型の実験装置の様相を呈している。

「へへ、すごいでしょう」

「なんだか米沢さん、楽しそうですね」

「そうですか？」

顔に出てしまっていたようだ。

この手の器械を使用するとき、確かに米沢は、わけもなく楽しい気分になるのだった。

「とにかく、見てみましょう」

古い様式の休暇届だった。

横書きのそれには、休みたい日付を記入して、その横に日数を入れる欄があり、さらにその横に休暇理由を書き込む欄があった。

日付を記入する欄には、1／1～1／3といった具合に書き込むようになっていて、月と日を分ける斜線だけが印刷されている。もし、一日だけの休みであれば、初めのほうにだけ日付を入れておけばいいということだろう。

そして、真鍋知子の休暇届は、

『5／12　～　5／16　　5（日間）　私事のため』

となっていた。

東京ビッグシティマラソンの開催日は五月十一日だった。その翌日から五日間の休暇届。

「真鍋知子さんは、一日だけ休むつもりだったんですよね？」

「ええ、自分には、そう言ってました」

「それならば、真鍋さん本人が書いた部分は、ここと、ここと、ここだと思います」

米沢は、観察台の上に置かれた書面の、『5／12』の日付部分と、『5（日間）』の部分と、『私事のため』と書かれた部分を、順番に指差した。

「この『5／16』という部分は、誰かが後から書き足した可能性があります。そして、この『5（日間）』の『5』も、もしかすると、『1』を、改ざんしたものではないかと」

「え、そうなんですか？」

「わかりません」米沢はあっさりと答えてから、続けた。「ですから、今からやってみようと思います」

「分析を、ですか？」

「ええ。違う成分のインクを使って加筆されていればもう少しわかりやすいのですが、これは、同じ筆記具を使用している、と思われますね。インクの成分分析を行なわないと、断定はできませんが」

「それって、かなり悪質ってことですよね？」

「まあ、一概に、そうとは言えませんが」

「そうですか……」

相原の気持ちはわかるが、分析前に先入観をもたないのは、米沢の主義でもあった。

米沢は、特殊顕微鏡を稼動させた。

特殊顕微鏡には、コンピュータ端末が接続してあり、顕微鏡のレンズが捉《とら》えた映像は、端末のモニターに映し出されるようになっている。その際には、3Dの解析ソフトが作動しているので、対象物の状態を、驚くほど鮮鋭で細密な映像として見ることができるのだ。

ミクロン単位での分析を可能にするこの器械は、筆跡分析以外にも、指紋や遺留物の分析にも使用されている。

「やはり……」

米沢は、書面をひととおり観察すると呟《つぶや》いた。

「なにがわかったんですか？」

「思ったとおりでした」

『5／12』と『5／16』は、違う筆圧によって書かれたことが判明した。

確かに文字の姿形を似せてはいるが、特殊顕微鏡が映し出す映像は、筆記速度の違いを告げていた。同時に、筆記に使用されたボールペンの、紙への入射角度の違いも語っているのだ。

「それって……」

「ええ、つまり、この部分とこの部分は、違う筆圧で書かれているということです」

米沢は、観察台の書面を指さした。

「それに、インクの劣化具合にも、若干の違いがあります」

「インクの劣化？」

「つまり、違う時間帯に書かれたものであることが判明したわけです」

『5／12』のほうが、『5／16』よりも、インクの劣化が若干ではあるが進んでいる。つまり『5／16』のほうが、後から書かれたということだ。この特殊顕微鏡を用いれば、そこまで見極めることができるのだ。

「細《こま》け～」

相原は、呆《あき》れたような声を上げた。

「細かいところを分析するのが、われわれの仕事ですから」

「まあ、そうですよね」

「それと、注目すべきは、この『5』です」

続いて米沢は、器械を操作して、モニター上に『5（日間）』の『5』の文字を映し出す。

「この休暇届には、三つの『5』があります。一見すると、すべて同じカタチに見えますが、ま、これも、字画構成や配字などをコンピュータで厳密に計測すれば、違うという結果が出るかもしれませんが、とにかく、この映像を見れば、筆順がおかしいことがわかりますよね」

　現在は、もちろん筆跡鑑定人による人的な技術も不可欠ではあるが、字画構成や配字、筆勢などといった主な鑑定要素も、コンピュータで計測して鑑定を行なう技術が、急速に広まっている。

「そうですね……」

相原が、言葉を継げなくなったのは、そのあまりの不自然さが原因だろう。

通常、「5」という数字は、二画で書く数字だろう。しかし、この休暇届の「5」は、三画で書かれた形跡があったのだ。横棒、縦棒、そして下の曲線部分。それぞれが、別の筆圧で書かれていることを、特殊顕微鏡の映像は露《あら》わにしていた。

目視では絶対に判別不可能だが、縦線の下の部分と、曲線の始まり部分には、重ね書きを施した痕跡が見られるのだ。

　さらに、インクの劣化の違いも見られた。先ほどと同様、縦棒のほうが、横棒と曲線部分よりも、インクの劣化が若干進んでいる。

結果を目の当たりにすれば、その印象は具体的なものになる。

この「5」は、不自然を通り越して、不気味とも感じられた。それは、改ざんした者の意図が感じられるからかもしれない。文書の改ざんには、得てしてその根底に悪意が潜んでいるものだ。

「恐らく縦棒が、元から書かれていた『1』なんだと思われます。うまくごまかして、他の『5』とカタチを似せてはいますが、われわれの眼を欺くことはできません」

つまりこれは、元々、

『5／12～　／　1（日間）　私事のため』

と書かれていた休暇届が、

『5／12～　5／16　5（日間）　私事のため』

に改ざんされたものだということが、判明したのだ。

もちろん、真鍋知子本人が、予定を変更した可能性もある。その場合は、改ざんではなく、ただ書き直した、ということになる。

「米沢さんは、どう思いますか？」

「現状では、どちらとも断定はできませんね。ただ、なにかしらの手が加えられていることは間違いありませんから、それは頭に入れておきましょう」

5

翌日鑑識課に、伊丹《いたみ》、三浦《みうら》、芹沢《せりざわ》の捜一トリオがやってきた。

特命係とは犬猿の仲の捜査一課。その中でも伊丹と亀山の過剰すぎるライバル関係は、亀山が捜査一課に在籍していたころからのものを引きずっているらしい。

最近は、自分でもちょっと特命係寄りになってきていると思う米沢に対して、この三人が快く思っていないことは、米沢自身、薄々と感じ始めていた。

「千束署の案件だが、捜査は終わりだ」

三浦が告げた。

「終わり？」

確か彼らは、この事案の担当ではなかったはずだ。東京ビッグシティマラソンを狙った爆弾テロ予告。その意外とも思える真犯人が明らかになり、取調べに追われているはずだった。

「ああ。真鍋知子は自殺だという結論が出た」

「自殺？　それはどういうことですか？」

この事案は、自殺、他殺、どちらに転ぶにしても、長丁場になる。米沢がそう思っていた矢先だ。どうして結論を焦る必要があるのか？

「事件性はなし。刑事部長のご判断だよ」

三浦の口調は、嫌味のこもったものだった。

「刑事部長の……？」

「これが、例の『遺書』か」

伊丹は、米沢のデスクの上に置かれた、証拠保存用のビニール袋に入った「遺書」をつまみあげた。

「確かに臭《くせ》えな」

「ええ」

伊丹にしては、まともなことを言う。そんなことを思いつつ、米沢は同意した。

「でも、捜査は終了だからな。これも持って行くぞ」

「そんな。だから、いったいどういうことなんですか？」

「どうもこうもねえよ」伊丹が、吐き捨てるように言った。「上層部《うえ》が終わりと言ったら、終わりなんだよ」

事件を直接担当していない彼らは、刑事部の方針を伝えにきただけのようだ。

「そんな理由では納得しかねますが」

「それが、ややこしい問題なんですよ」代わりに答えたのは、口が軽いことにかけては警視庁一の芹沢だった。「ホトケの真鍋知子が勤めていたのは都風協っていう組織なんですけど、どうやら彼女、そこで理事長のセクハラにあっていたらしいんです」

「それは、存じております」

「都風協に聞き込みに行ったっていうのは、お前だったのか。おれはてっきり、特命の二人だと思ってたが、やつらはまだ、手が空いてないからな」

伊丹は苦虫を噛《か》みつぶしたような顔をした。特命係の二人もまた、いまだマラソン大会の爆弾テロ事件に関わっている。犯人は捕まったが、そこからさらなる問題が発生したというのだ。

「どうやら」芹沢が続けた。「あそこの理事長からうちの上層部に、圧力がかかったみたいですね」

「圧力？」

「お前らが、突《つっ》いたからじゃないのか」

「そんな……」

突《つっ》いたもなにも、ただ事情を聞きに行っただけの話だ。

「あそこの理事長って、元々は警察官僚なんですよ。なんでも、千代田署の署長さんから、山梨県警の本部長やって、警察庁《サッチョウ》の刑事局の企画課長とかやってたらしいですし」

「なるほど」

警察の天下り組織のトップが元警察官僚。当然といえば当然の話だった。

「それで、企画課長の後は、どちらに？」

「いえ、そこから都風協の理事長になったみたいですよ」

「それは妙じゃありませんか？」

千代田警察署長といえば、警察官僚の出世レースの主役を約束された絶好のスタートといえる。

警察官僚にとっての最高職である警察庁長官や警視総監の歴任者には、千代田警察署長出身者が多数いた。

そして、そこから小規模県警の本部長を経て警察庁に戻るというのも、出世の王道を進んでいる。

通常であれば、そこから警察庁の課長職を歴任し、大規模県警の本部長となり、再び、今度は局長級として警察庁に戻り、同期や入庁年次の近いライバルたちの動向をうかがいつつ、頂点を目指す。

最高職の可能性がなくなった時点で組織を去るというのは、警察庁に限らず、どこの省庁の高級官僚《キャリア》にとっても慣習じみたものだが、警察庁の課長職というのは、いわゆる「上がりのポスト」ではないはずだった。

そういう事情にはどちらかというと疎い米沢だったが、あまりにも有名なそれは知っていた。

「まあ、いろいろあったみたいですね」

「いろいろ、といいますと？」

「セクハラですよ」

「またセクハラですか？」

「ええ、元々癖の悪い人なんでしょうね。その県警本部長時代に、婦警に手を出したらしいですよ。それも一人ではなく、何人も。そのときは、なんとか押さえ込んで、表沙汰《おもてざた》にはならなかったみたいなんですけど、警察庁《サッチョウ》に戻ってから、結局引導を渡されて、辞めざるを得なかったようですね」

なるほど。それで、課長職が「上がりのポスト」になってしまったというわけか。った
「そういうのって、やっぱ病気なんだろうな。今回なんか、進化してやがるし。

く、反吐《へど》が出るぜ」

伊丹の顔は、苦味を増していた。

そもそもこの男は、四六時中こんな顔をしているのだ。慢性的にカルシウムが不足しているのか、あるいは生まれながらの怒りんぼさんなのか。まさか口の中で苦虫を飼育しているわけではあるまい。

そういえば、笑っている顔を見た記憶もない。苦笑いなら何度もあるが。

それでも、いつにも増して、伊丹は不機嫌であるように見えた。

「進化?」

「進化なんていうと、語弊がありますよ、先輩」芹沢が伊丹をたしなめる。「進化というよりも、悪質化してるんですよ。今回のホトケは、じつは契約雇用だったわけなんですけど、それを正規雇用にしてやるからと言って迫ったらしいですよ」

「セクハラとパワハラの併せ技というわけですか。確かに性質《たち》が悪いですね。その捜査はしないんですか? 強制わいせつで立件できるのでは?」

「誰が捜査するんだよ?」伊丹が吠えた。「相手は元警察官僚、キャリア様だぞ」

「そんな、自分に当たらなくても……」

「それに……」続きは芹沢が引き取った。「元警察官僚のセクハラ問題が明るみになったら、厄介な話じゃないですか。マスコミが過去の事件まで嗅ぎつけて、ほじくり返しでもしたら、それこそ警察のスキャンダルってことになっちゃいますからね。上層部《うえ》は、それを嫌がったんでしょうね」

伊丹がいつも以上に怒っている理由がわかった。

この男は、キャリアや警察組織の保身のために現場の捜査が左右されることをひどく嫌うのだ、ということを思い出した。その苛立《いらだ》ちが歪《ゆが》んだカタチで表に出てしまうので、かなり面倒臭いタイプなのだが、じつは伊丹はこう見えて、正義感だけは強い男でもあるのだ。

「人が一人死んでるのに？」

「でも自殺ですから。現場には『遺書』もあったわけですし」

芹沢は、伊丹が手にしている「遺書」に視線を送った。

「それを言うなら『遺書のようなもの』ですよ。これを遺書と断定して、自殺と決めつけてしまうのは、少々危険な気がしますが」

「確かに怪しい『遺書』だが、ほかになにか物証《ブツ》はあるのか？」

伊丹に訊かれた。

「自殺ではない、と断定できる物証《ブツ》ですか？」

「それについては、今のところ……」

「ああ」

米沢は、言葉に詰まった。

自殺ではない、つまり他殺であることを証明する物証《ブツ》は、確かにない。

「遺書」の偽装も、疑わしいという範囲を出ないし、手が加えられた休暇届も、それをもって他殺であるという根拠には欠ける。

「ですが、自殺と断定できる物証《ブツ》もないわけでして」

確かに部屋は、玄関扉も含め、すべてのドアが内側から施錠されていた。玄関扉の鍵は部屋の中から発見されているが、合鍵の存在についてはまったく不明。元の鍵があれば、簡単に合鍵が作れるタイプの鍵だった。他殺であった場合、犯人がなんらかの方法で合鍵を持っていれば、完全な密室での出来事とはいえなくなるわけだ。

それに、死因となった青酸カリの入手ルートもいまだに不明だ。確かに、真鍋知子宛に青酸カリが入っていたと思われる荷物が送られてきた、という形跡はあったが、真鍋知子本人が自ら注文したという裏は取れていない。

「まあ、遅かれ早かれ」三浦が口を開く。「自殺というセンには落ち着くんだろうな。上層部は、その結果をただ早めたってことだ。いくらなんでも、他殺のものを自殺とはせんだろうからな」

「そうですか……。でも、それだとその理事長というのが怪しくはありませんか？　たとえば、今回のホトケがセクハラ被害を告発しようとして、それに困った理事長が殺してしまった、とか。動機はあると思うのですが」

「理事長には、アリバイがあるんだと」

「アリバイ？」

「ええ。彼女の死亡推定時刻と思われる日には、出張中だったそうですよ」答えたのは、芹沢だ。「月曜日から水曜日まで、仙台にいたそうです」

　真鍋知子の死亡推定時刻は、月曜日の晩から未明にかけてだ。

「出張？　それは、間違いないのですか？」

「ええ。女性事務員も同行していましたので、彼女が証言しています。ま、どうせそれもセクハラ狙いの旅行なんでしょうけどね。女性事務員と二人きりで出張に出かけて、ああ、部屋はダブルしかとれなかったみたいだな、なんつって、強引に同じベッドに寝るようなシチュエーションを作っちゃったりなんかして。あー、気持ち悪い」

　鳥肌立っちゃいましたよ、などと、スーツの袖を捲《ま》くって見せている芹沢を無視して、米沢は言った。

「でも圧力をかけてきたということは、やはり彼女に対してのセクハラはあったということですよね」

「まあ、そうなんでしょうね。でも実際セクハラを立件しようとなると、難しいですから。相手が元警察官僚じゃあ、こっちもやりにくいですしね。それに、元々強制わいせつは親告罪ですから、被害者が亡くなってしまっている場合は、手のつけようがないわけだし。お手上げです」

芹沢は、両手を広げる。

「………」

これを知ったら、相原はなんと思うだろうか。相原の無念さを思うと、言葉が出なかった。

「それに都風協には、警察ＯＢが大勢天下りしてますからね。一枚岩になって理事長を守ることも考えられますよ」

本音は、身内の捜査はやりにくい、ということだろう。身内に甘い警察の体質を、露呈した格好だ。

都風協。警察にとっても手が出しづらいアンタッチャブルな存在のその組織に対して、米沢は、伏魔殿《ふくまでん》にも似た不気味さを感じていた。

「とにかく、そういうわけだから、これは持って行くからな」

伊丹は手にしていた「遺書」を掲げると、部屋を後にした。三浦と芹沢も続いて出て行く。

理事長は、自殺の動機がはっきりすることを恐れたのだ。それは、自らのセクハラ行為が明るみに出ることを意味している。

そのことは、もちろん理事長本人にとっても、そして元警察官僚――それも、現在も警察庁の外郭団体のトップを張る人物――のスキャンダルが公になることはなんとしてでも避けたい警察組織にとっても由々しき事態だ。両者の思惑は一致している。

恐らくこのまま捜査を続けても、自殺という結論に達するはず。それならば、その結論を少し早めてやるだけ。上層部はそう判断したということだ。自殺の動機は、握り潰して、闇に葬る。

しかし、米沢には納得しがたいものがあった。

理事長にはアリバイがある。しかし、アリバイがあるというのが、逆に怪しいとも思える。杉下右京なら、そんなふうに考えるのではないか。

その夜、米沢は、相原と合流した。

相原が指定した店は、日比谷《ひびや》公園にほど近い、有楽町《ゆうらくちょう》の外れにある小さなバーだった。

相原さんがこちらのほうまで足を運ばなくても、自分が上野あたりに伺いますよ、米沢はそう告げたが、相原は、そこがいいんです、と譲らなかった。

「上に、捜査を止められました」

カウンターで、隣に座る相原は、ウイスキーのグラスを口に運んだ。

カウンターと、テーブル席が二つだけの、こぢんまりとした店だった。初めての店なのに、なぜか見覚えがあるように思えるのは、夢の中で知子と再会を果たした店に似ていたからだろうか。妙な既視感を伴っていた。

「そちらもですか。うちも手を引くようにと、お達しが出たようです」

「そうですか……」

虚《うつ》ろな間《ま》があった。

「米沢さん、1から9までの、好きな数字を頭の中に思い浮かべてください」

唐突に、相原が口を開いた。

「なんですか、急に？」

「いいから」

相原は、人懐っこい顔をして言う。

米沢は、とりあえずつきあうことにした。「じゃあ、7で」

「言っちゃダメですよ。もう一回、思い浮かべて。今度は口に出さないように」

米沢は、再び7と思った。

「いいですか？　じゃあ、その数字に1を足してください」

7＋1＝8。

相原は、いいですか？　というように目で尋ねてくると、続けた。

「じゃあ、その数字に2をかけて、さらに4を足してください」

8×2＋4＝20。

「で、その数字を2で割って、最後に、最初に思い浮かべた数字を、そこから引いてください」

なんだかわけがわからなくなりそうだが、なんとかついていく。

20÷2－7＝3
「では、その数字を、おれが当てます」

「ほう」

「心の中で、強く念じてください」

米沢は、言われたとおりに、3を念じる。

「おお、かなりキテますよ」

相原は、芝居がかった口調で言った。

「その数字は――」勿体《もったい》つけるような間《ま》をとってから「3、ですね?」

「当たりです」

相原は、満足そうに頷《うなず》いた。

「でも、これが何なんですか?」

タネを訊くような、無粋なマネはしない。

「知子が、こういうの好きだったんですよ」

「そうでしたか……」

「じつはおれ、マジシャンなんですよ」

「はい?」

警察官なのでは? 思ったが、口にはしなかった。

「最近はもうやってませんけど、昔は、そこの日比谷公園の噴水前の広場なんかでパフォーマンスとかしてましてね。知子とは、それで知り合ったんです。よく見にきてくれて」

なんだか聞き覚えのある馴《な》れ初《そ》めだと感じた。

「じつはこの店も……、学生時代、おれはこの店でアルバイトしてたんですよ。そのころは、お客にマジックを見せる店だったんです。オーナーがそういうの好きだったらしくて、それで、おれもマジックに興味をもつようになって」

「そうなんですか」

米沢は改めて、店内を見まわした。

「今は代替わりして、店のオーナーは変わってしまったんですけど、内装なんかは、ほとんど当時のままなんですよ」

「思い出の店、というわけですか？」

「まあ、そんなようなもんです。知子とも、よく飲みに来ましたからね」

相原は、カウンターに肘《ひじ》をついた右手でロックグラスの口を摘《つま》むように掴《つか》み上げると、中身を揺らした。氷がグラスに触れる、耳に心地いい音が響いた。

「なんてことないマジックにも、彼女は喜んでくれたんですよ」

目は、虚空を見つめていた。

「不思議なもんですよね。こうやって思い返すと、知子の笑った顔しか思い出さない。別れる前は、酷《ひど》い言い合いもしたんですよ。彼女が傷つくようなこともたくさん言いました。それなのに、なんででしょうね」

米沢は答えなかった。べつに答えを期待して発した言葉でもないように思えた。

「失礼ですが、相原さんは、どうして知子さんと別れてしまったのですか？」

思いきって訊いてみた。

「自分はこう見えて、仕事人間なんですよ」相原は、自嘲するように口を歪《ゆが》めた。

「じつは本部に行きたかったんですよね。出世をすれば、彼女も喜ぶかな、なんて思ってたんですけど、それはおれの勘違いだった」

それを聞いて、米沢はハッとした。

米沢が元の女房と別れた理由も、同じだったからだ。周囲の人間には、酒が原因で、などと吹聴《ふいちょう》しているが。

知子と結婚してすぐに、米沢は鑑識技能検定を取得した。所轄署での働きが認められて、本庁に引っ張られた。鑑識という仕事の奥深さを知り、その奥にあるものを、もっと掴《つか》みたいと思った。仕事がますます面白くなった。家庭を省みることがなくなった。知子が寂しさを感じていることを、米沢はこれっぽっちも気づいてやることができなかった。そんな米沢に、知子は愛想を尽かせて出て行ってしまったのだった。

「出世なんかよりも、大事なものを失ってしまいましたよ。今じゃあ、本部に行きたいなんて気持ち、なくなってしまいましたからね」

「でも、別れてからも相談事を持ちかけてくるぐらいだから、いい関係でいらっしゃったんですよね」

「え？」

「いや、自分なんか、別れた女房が、今どこでどうしているのかもわからないものですから。羨《うら》ましいです」

「羨《うら》ましいなんて、やめてくださいよ。米沢さんの別れた奥さんは、今もどこかで生きているじゃないですか。おれには、そのほうが羨《うら》ましいですよ」

「そうでしたね。軽率でした」

米沢は、素直に詫《わ》びた。

相原の別れた女房の真鍋知子は、もう相原の記憶の中でしか生きていないのだ。

「おれは、彼女とヨリを戻したいと思っていたわけじゃないんです」

「はい？」

「まあ、ヨリを戻せるなんて思っていませんでしたけど、ただおれは、知子には幸せになってほしかったんです。彼女に不幸な思いをさせた張本人であるおれが言うのはおかしな話かもしれませんが、本当にそう思っていたんですよ」

「なるほど」

それを聞いて、米沢の中の疑問も融解した。

それは、米沢が、別れた女房に会いたいと思った気持ちだ。マラソン大会で真鍋知子を見つけて、それを別れた女房だとまだ勘違いしていたときに、彼女に会いに行こうと都風協に向かったときに湧《わ》き上がってきた疑問だ。

なぜ自分は彼女に会いたいのか？

ヨリを戻せるとは思っていない。

連れ戻したい――。確かに心の底にはそういう気持ちが存在しているが、そんなことできるわけがないことはわかっていた。

ただ、彼女が幸せに暮らしているかどうかを、この目で確かめたかったのだ。それは、幸せになっていてほしいという願望に近い思いだった。

男というのは未練がましい生き物なのだ。女性のほうは、とっくにその男のことなど忘れてしまっているのだろうが。

女々しく、諦《あきら》めが悪い。

しかしそれは、未練というものとは別の種類の感情なのかもしれないとも思う。

再婚していても構わない、彼女が幸せになっているのなら。強がりではない。正直な気持ちだった。

　だから、彼女が住んでいるアパートを見て、その現在の暮らしぶりがあまりよいとはいえないことを察したときには、胸が痛んだのだ。

　そして彼女の部屋を、直接訪ねることはできなかった――。

「知子に、なにか悩みがあったのなら、おれの手で解決してやりたかった。それなのに……」

「……………」

「……性質《たち》の悪い手品ですよ」

「手品？」

「知子は、なにを悩んでいたのかおれに告げることもなく、手品みたいに、自分の前から消えてしまいました」

「……………」

　米沢は、なにも答えることができなかった。

「やっぱりセクハラですかね」

「彼女の悩み事、ですか？」

「ええ」

「相原さんは、真鍋知子さんがセクハラ被害を苦に、自殺したと思いますか？」

「ほかに、彼女が自殺なんかする動機がありますか？」

相原は、真鍋知子の死は自殺だったと、無理やり自分を納得させようとしているように見えた。

自分が彼女の悩み事を聞いてやることさえできていれば、彼女の死は防ぐことができた。そう思いたいのだろう。

「米沢さん、おれは、この捜査から手を引くつもりはありませんから。都風協《あそこ》の理事長が知子を自殺に追い込んだのだったら、必ずそれを暴いてやります」

相原は、勢いよくグラスの中の琥珀色の液体を煽《あお》ると、そのグラスをカウンターに叩きつけるように置いた。

相原の目は、相変わらず、どこか違う時間の違う場所を見ているようだったが、その顔からは、ある種の覚悟が感じられた。

6

日曜日を挟んだ二日後の月曜日、本庁に登庁した米沢の携帯が鳴った。

「米沢さん、やっぱりおれ、都風協の、設楽《したら》っていう理事長に会いに行ってみます」

「ちょっと待ってください、相原さん――」

米沢の返事を待たずに、電話は切れてしまった。

米沢は、鑑識課の部屋を飛び出した。


米沢が都風協に到着すると、経理課長の天野がひどくテンパっていた。

「ちょっと困りますよ。相原さんが、勝手に理事長室に――」

「理事長室はどちらですか？」

ヒステリックに喚《わめ》く天野を制して、理事長室の場所を質《ただ》すと、米沢はそのまま理事長室に向かった。

扉を開くと、相原の背中が見えた。その向こうに、理事長である設楽と思《おぼ》しき男が、デスクに両肘《ひじ》をついていた。勢い込んで入ってきた米沢に対して、微動だにせず、射抜くような視線を相原に向けている。

「米沢さん」

相原は、首だけを動かして、振り返った。

「相原さん、早まらないでください」

「キミは、なんだね？」

設楽が口を開いた。渋いバリトンの声が耳朶《じだ》に届いた。

セクハラ体質の男ということで、勝手にギラギラと脂ぎったイメージ、いわば大多数の女性からは生理的に無理、なんて言われそうな人物を想定していたのだが、目の前の男は、それとはかけ離れていた。

神経質そうな細面。顎《あご》のラインもシャープで顔全体は引き締まっている。ボリュームのある髪は若干白髪の混じった、いわゆるロマンスグレー。きれいに整えられている。

仕立てのよさそうなスーツがよく似合い、元キャリアという先入観があるせいか、やはり理知的な印象を受ける。

出世レースの途中でリタイアしたわけだから、それほど年齢《とし》を重ねているわけではない。おそらく四十代での躓《つまず》き。現在は五十過ぎ、といったところか。

理事長室は、やけに広い部屋だった。設楽の執務机も大きい。部屋の片隅には、無駄遣いのお約束の品であるマッサージチェアや大型テレビも置いてあった。

「自分は、本庁刑事部、鑑識課の米沢守巡査部長です」

相手が元警察官僚だからか、そんなふうに身分を名乗った。

「本部の鑑識？　彼は、千束署の刑事だと言っていたが、珍しい組み合わせだね」

「今回の事件を、協力して捜査に当たっております」

「事件？　真鍋君が亡くなったことについては、わたしも大変残念に思っているが、自殺を事件というのはどうかと思うがね」

「あれは、単なる自殺なんかじゃない」

相原が怒鳴る。

「君が、真鍋君のかつての旦那さんだったことは聞いたよ。お悔やみを申し上げよう。しかし、単なる自殺ではない、というのは、どういう意味かな？　わたしは、君たちの上司にあたる人物から、あれは単なる自殺で、捜査はもう終わったと聞いているんだがね」

分が悪い。今の自分たちには、設楽を追い詰める材料がなにもないのだ。

「あんたが知子を自殺に追い込んだんじゃないのか？　だとすれば、自殺であっても、充分に事件だ」

相原の言葉に、米沢は、心の中で天を仰いだ。

「随分と突拍子もないことを言い出すんだな。わたしが彼女を自殺に追い込んだ、それはどういうことかな？」

「あんたは、知子に対してセクハラ行為をはたらいていた。知子はそれを苦に自殺したんだ。あんたが殺したも同然だ！」

相原の口調は、噛《か》み付くような勢いだった。

「なにか証拠でもあるのか？　わたしが彼女に対してセクハラ行為をしていたという証拠が？」

それでも、理事長は悠然と構えていた。

「それは……」

言葉に詰まる。

「だろうな。そんなもんは、最初《はな》っからありはしないんだよ」

相手が死んでしまったことをいいことに、セクハラ行為自体を、なかったことにするつもりなのだろう。そして警察も、それに加担してしまっているのだ。

「この際だから、はっきりしておこう。わたしが警察を辞めたのは、山梨県警の本部長だったころの女性問題、きみたちは、そういうふうに聞いてるんじゃないのかね？」

米沢は頷《うなず》いた。

「噂というものは、とかく一人歩きをしてしまいがちだから、仕方がないのかもしれないがね。それはまったくもって事実とは異なるよ」

「当時も、セクハラ行為はなかったと？」

「当然だよ」

「ではなぜ、警察をお辞めになったのですか？」

「個人的な事情だからね、それをキミたちに説明する義務も必要もあるまい」

「………」

「ひとつだけいえることは、あれはただのスキンシップなんだよ。わたしは海外への留学経験も多いのでね。決してセクハラなどといわれる類《たぐ》いの行為なんかじゃないんだ。間違いないでもらいたい」

「くっ……」

相原は、唇を噛《か》んでいた。

「わたしも、元々は警察組織にいた人間だ。だから今回の勇み足には目をつぶってやろう。だがな、次にわたしになにか聞きにくるときは、きちんとしたカタチで、令状をとってきなさい」

設楽の態度は、終始一貫して、落ち着き払っていた。

「わかりました」

黙りこむ相原の代わりに、米沢は答えた。

「失礼しました」

動こうとしない相原を、部屋から連れ出すために、相原の肩に手を伸ばした。

相原の身体は、怒りのためか、小刻みに震えていた。


都風協から入谷駅に向かう途中に、小さな公園があった。

相原はその公園の水道で、顔に水を叩きつけるようにして、乱暴に顔を洗った。

顔についた水をハンカチで拭うと、口を開いた。

「すいません、米沢さん、やっちゃいました」

相原は、あっけらかんと言い放った。

「いえ、相原さんの気持ちはわかりますから」

その言葉は、相原の耳には届いていないようだった。

「だから相原さんも、警察を辞めようなどと、バカなことは考えないでください」

相原は、はっとしたように米沢を見た。

「……気づいてたんですか？」

「薄々とですが」

一昨日の夜、相原からは、玉砕覚悟の気配を感じ取っていた。自分の首を賭けてでも、理事長を告発してやる。そんな覚悟がなければ、先ほどの無謀ともいえる行動は説明がつかない。

「そうでしたか……。でも自分は、いくら相手が元警察官僚だからといって、人を自殺に追いやった原因を作った人間をまともに追及できないような組織には、これ以上いたくありません」

「ですが相原さん、警察を辞めてしまったら、捜査することはできませんよ」

相原は、それには答えなかった。

本庁に戻った米沢を待っていたのは、刑事部長の内村《うちむら》の呼び出しだった。

米沢は、内村の部屋へと向かった。

「米沢です」

ドアの前で名乗る。入れ、と応じたのは、参事官の中園《なかぞの》の声だった。

刑事部長室に入り、部屋の中央に進み出る。

内村は、窓から外を眺めていた。この部屋は、桜田通りに面していて、法務省の建物を見下ろすことができる。内村は、米沢が入ってきたことに気づいていないかのようだった。

代わりというように、中園が口を開く。

「お前は、終わった案件の、なにを捜査しているんだ?」

やはりその件か。刑事部長に呼び出された瞬間に、察しはついていたが。

理事長は、今回の件には目をつぶってやる、と言ったくせに、早速内村に根回しをしたわけだ。ケツの穴の小さい野郎だ。

「お言葉を返すようですが、自分は終わったとは――」

「言葉を返すな!」

内村の一喝が響いた。ガラスの窓がビリビリと音を立てた気がした。

内村は、ゆっくり振り返ると、米沢の方へと歩を進めた。

――近すぎる。

そのまま米沢の前まで移動してきた内村と、顔を突きあわすカタチになった。その距離、拳《こぶし》ひとつ分。

この人のアップは、五秒が限界だった。米沢は、一歩後ろに退いた。

「貴様は、理事長のセクハラを暴きたいのか？　そんなことをして、いったい誰が得をする？」

「損得の問題ではないと思いますが」また言葉を返してしまった。怒鳴りつけられると思って身構えたが、内村がなにも言わないようなので、言葉を継いだ。「真実があるのなら、それを突き止めるのが警察の使命ではないかと」

「真実？」

「自分は、真鍋知子の死が、本当に自殺だったのかということに、疑問を感じております」

「だからそれについては、彼女の死は自殺だったと、すでに本部としての結論を――」

喚《わめ》きたてる中園を制して、内村が口を開いた。

「貴様が、本件の自殺を疑う根拠はなんだ？」

「根拠は、まず第一に、現場に残されていた『遺書』です」

「自殺の現場に遺書が残されているのは、不自然ではないだろう」

「それは、間違いなく遺書であると断定できる場合です。今回現場に残されていた

『遺書』は、そう判断するにはいささか問題があると思います」

「真鍋知子本人が書いたものであることは、間違いないのだろう」

「ええ」

「ならば、どういうことだ？」

「自分は、あの『遺書』は、偽装されたものであると思っております」

「偽装の証拠は？」

「それは……」

言葉に詰まる。それは、まだ疑いの範囲を出ない憶測だ。

「ほかには？」

「ホトケが――真鍋知子が会社を休む際に提出した休暇届に、手を加えられた形跡がありました」

米沢は、休暇届の件を説明した。

「それが、真鍋知子本人以外の者による改ざんであるという証拠は？」

「……今のところ、ありません」

「ならば、真鍋知子本人が書き直した、という可能性もある」

内村は、書き直した、という部分にアクセントを置いた。

「ええ」

「ほかには？」

「現段階では、以上です」

「ふん」内村は、鼻を鳴らすと続けた。「ならば、自殺ではない、という根拠にはなりえないな」

「ですが、自殺と断定する根拠も、今の段階では薄いかと――」

「現場に争った形跡はない。死因となった青酸カリも、真鍋知子宛に、あの部屋に届けられている」

「彼女が、自ら望んで青酸カリを手に入れようとした形跡はありません」そこで米沢は、ひとつ大きく息をついた。「なにより、自殺する動機がありません」

「動機はある」

内村は言い放った。

「それは、なんですか？」

「おれの口から言わせるな」

内村と、視線がぶつかった。

理事長のセクハラ。それを苦にしての自殺。それはもはや、口に出すこともはばかられる禁句《タブー》となっているようだ。

「それならば、理事長にも、彼女を殺す動機があることになりませんか」

「おい、米沢」中園が慌てて口を挟んだ。「お前、自分がなにを言っているのか、わかっているのか？　よく考えてからものを言え。そうやって、憶測で捜査を進めるから冤罪《えんざい》というものが発生するんだ。だいたい設楽理事長には、アリバイがある」

冤罪《えんざい》。確かに今の段階では、理事長を容疑者とすることはできない。だがそれは、真鍋知子についても同様だ。真鍋知子は自殺だと断定された。つまり、自分で自分を殺した。もしそれが事実ではなかったら、それこそ冤罪《えんざい》に等しい。

自殺だとの判断を急ぐこのやり方は、やはり受け入れがたいものがある。

「貴様は、都風協が警察にとって、どんな組織かわかっているのか？」

内村は、声のトーンを一段下げた。

「どんな組織といわれましても、天下り先としか……」

都風協が、東京都の風俗環境の健全化のために存在している組織であることは承知しているが、具体的になにをやっている組織なのかは、よくわかっていなかった。

「それがわかっていれば、充分だ」

「はい？」

「つまり警察にとっては、重要な組織だと、刑事部長はおっしゃっているんだ」

「重要な組織、ですか？」

「われわれ警察官が、退職後の働き口を得るのは、容易ではない」

「ええ、それはわかります」

それは、べつに警察官に限ったことではないだろう。不景気が叫ばれて久しい世の中だ。誰もが、いわゆる第二の人生における働き口を見つけることは厳しい状況であるはずだった。

「だが、こういう組織があることで、それが容易《たやす》くなるんだ」

「はあ……」

なるほど、そういう意味で、重要な組織というわけか。

「貴様たちが、退職後になんの不安も抱かずに働くことができるのは、こういう組織があるおかげじゃないのか？」

退職後。米沢は、そんな先のことまで考えたことがなかった。退職後に不安もなければ安心もない。

「そうでしょうか？」

「そうじゃないのか？」

「そうかもしれません」

内村が、グイっと一歩前に踏み出してきたので、思わず肯定してしまった。米沢は、再び一歩下がる。

「世間がどう思っているのか知らないが、天下りというのはな、なくてはならないシステムなんだ」

世間は天下りに対して、完全に否定の意を表している。拒絶している。それをなくてはならないシステム、というのは、官の側の身勝手な論理だ。

天下りの根は深い。警察を例にとっても、天下り先は、こうした外郭団体だけに限らない。

風俗産業、パチンコ産業、警備会社、果ては違法駐車のレッカー移動の委託を受けるレッカー会社……、警察が許認可、あるいは業務指定、いわば生殺与奪《せいさつよだつ》の権限を握る業界の一般企業にまで、天下りは浸透している。根付いている。

利権の構図が、そのまま天下りの図式として成立しているというわけだ。

利権とはつまり、利益を得る権利だ。そのまま金を集めるシステムと言い換えることができる。

中央省庁としては格下の警察庁でも、これだけ多くの利権を握っているのだ。他の省庁も推して知るべし、といったところだろう。利権の大きさは、それをもって組織の大きさを示している、といっても過言ではないのだ。どれだけ多くの金を集めることができるかが、その組織の体力を表わしている。

ただ警察には、その性質上、利権が集中しやすいといえるかもしれない。警察庁が所管する外郭団体というのは、他の省庁に比べても、突出して多いのだ。管轄する分野が多岐にわたっているからだろう。どんなものでもたいていは、警察の管轄となりうる要素をもっているものだ。だが他の省庁は、警察の利権の肥大化を恐れて、こじつけでもいいから、別の省庁の管轄へと流れるように誘導する。別の省庁——できれば自分の省庁へ、だ。これが、官僚による、愚かな利権の奪い合いの原理だ。

これだけ大所帯の警察組織を束ねる警察庁が、省に格上げされないのも、警察権力の肥大化を危惧してのことだというのは、穿《うが》ちすぎる考えか。

天下りを、なくてはならないシステム、と声高に叫ぶ内村の理屈は、そのまま警察の——官僚側の理屈だ。だが、天下りを受け入れる側にとっても、メリットはある。警察ＯＢを受け入れていることで、便宜を図ってもらえる。事業の許認可が受けやすくなる。情報が入手しやすくなる。ビジネスチャンスに利用しているのだ。もちろん、本来そんなことはあってはならないことだが、そのあってはならないことが、確実にあるであろうことは、想像に難くない。

天下りの受入先と、その業界を所管する官庁との癒着が、しばしば明るみに出ることで、それは証明されている。

「だが昨今は、こうした外郭団体に対する風当たりは非常に厳しい」

世論が、腐敗の元凶である天下りに対し、厳しい目を向けている。それは内村も重々承知していることなのだ。内村は続けた。

「ゆえにだ」また一歩、米沢に詰め寄る。「こうした、関係のないことで、この手の組織に注目が集まってしまうことは、なんとしても避けたい事態なんだ」

しかし米沢は、今度は後ろに下がらなかった。

「関係のないこと、とおっしゃいますと？」

「理事長のスキャンダルだよ」中園が口を挟んだ。「協会のトップがセクハラ行為をはたらいていたなんていうのは、マスコミの格好の的《ネタ》になってしまうだろう」

「そこから飛び火して」中園の言葉の続きを内村が引き継いだ。「協会の存続意義、果ては天下りの是非に対する議論まで再燃してしまえば厄介だからな」

天下りの是非については、散々議論が展開されている。だが一向になくならない。なくならないことを含めて、そういう腐敗したシステムが、この国には確立してしまっているのだ。

天下り先を保護する。そんなことのために、自殺の動機が握り潰されてしまうのか。あるいは、事件が事故として葬り去られてしまうのか――。

利権とはなんなのか。そんなに大事なものなのか。そんなものを守るために、自分は警察官になったわけではなかった。自分が守るべきものは、地域の治安、市民の安全だったはずだ。突き詰めていえば正義。正義を守るために、鑑識員として真実を追求してきた。それは、これからも変わらない。

米沢は、そんなことを考えていた。

「米沢」

内村の、メガネの奥の目が細くなった。「これ以上余計な真似をすると、貴様も特命に送ってやらねばならなくなるぞ」

そう告げると内村は、米沢に背中を向けた。これで話は終わり、そういうことだ。

特命係。杉下右京は人材の墓場――彼の下に就いたものは、例外なく警視庁を去る。一人だけ例外はいるが、特命係というのは本来、懲罰的な意味合いをもった部署なのだ。警視庁内の陸の孤島である特命係に島流しされてしまえば、警察組織の中での死を意味する。

――上等だ。

米沢は柄にもなく、そんな言葉を脳裏に浮かべた。

米沢は内村の後ろ姿に頭を下げると、失礼します、と告げることなく、部屋を出た。

鑑識課に戻った米沢は、相原の携帯を鳴らした。

「ついに、刑事部長の怒りを買ってしまいました」

「そうですか……」

続いて相原がなにを言うか――。その見当はついていた。

――自分一人でも、捜査を続けます。

「米沢さん、おれ……」

それを言われる前に、米沢は口を開いた。「逆に闘志が湧《わ》きました」

「え？」

「徹底的に、この件を調べてみようと思います」

「米沢さん……」

「あの組織の中で、なんらかの犯罪行為があったのならば、それを白日の下《もと》に曝《さら》す必要があると思います」

ズズーッ。

鼻水を盛大にすすり上げる音が聞こえてきたので、米沢は、携帯を耳から離した。なんらかの犯罪行為。もちろんそれは、米沢の中では、理事長のセクハラ行為というものだけではなかった。

「だから相原さんも、警察を辞めるなんて言わずに、きちんと調べましょう。警察官として」

「米沢さん、ありがとう……。でも、本当にいいんですか？　刑事部長に目をつけられたら、ただではすまないのでは？」

「ただですまなかったら、そのときはそのときです」

「米沢さん。おれ、米沢さんが、そんな気骨のある人だとは思いませんでした」

誉めるつもりの言葉なのだろうが、よく考えると、あまり気分のよくなる言われ方ではなかった。

「とにかくこれで、自分は自由に動きまわることができなくなってしまいました」

四面楚歌《しめんそか》。刑事部長の判断に逆らう自分に、手を貸してくれるような気骨のある人物は、この警視庁内には一人もいないはずだ。

7

相原との捜査は、勤務時間外に行なうことになった。

二人はその日の夜、もういちど、真鍋知子のアパートを見に行くことにした。

現場百回。捜査の基本に立ち返ることにしたのだ。

入谷で相原と落ち合い、竜泉にある真鍋知子のアパートに向かった。鍵は、相原が借り受けているとのことだった。

「おれ、知子がセクハラに悩んで自殺したのなら、やっぱりあの理事長にはちゃんと謝ってほしいんですよ。一言でいいから、知子に詫《わ》びてほしい」

米沢は、その言葉を黙って聞いていた。

部屋に入り、玄関横にあるブレーカーをONにすると、室内の電気が一斉に灯《とも》った。

現場となった部屋には、まだ家具や電化製品などが、そのままの状態で置かれていた。

「知子は身寄りがないんですよ。だから、おれが片づけてやることにしたんですけど、どうも気が重くて」

「そうですか」

米沢はひととおり、室内を見てまわる。

「なにか、気になることがありますか？」

「いえ、とくには」

すでに現場検証が終わっている部屋だ。新たな発見があるとは思えない。しかし、捜査の途中に再び現場を踏むことで、被害者の無念を改めて感じることができる。そして、犯人に対する怒りを新たにするのだ。それが、事件解決のための活力となる。

犯人はいるのだ。

相原は、真鍋知子の自殺説を受け入れようとしているようだが、米沢には、そんな気はさらさらなかった。

「そういえば、知子は日記をつけていたはずなんだけど、発見されていませんよね」

「日記、ですか？」

「ええ、おれと一緒になる前からつけていたんですけど、やめちゃったのかな。日記があれば、理事長からセクハラを受けていたことについても、なにかわかったかもしれなかったのに」

「ん？」

米沢は、キッチンの冷蔵庫の脇にあるコンセントに目をとめた。

「どうかしました？」

米沢はしゃがみこんで、そのコンセントに差し込んである二叉《ふたまた》ソケットに顔を近づけた。

「そのソケットが、どうかしたんですか？」

「シッ」

米沢は、立てた人差し指を唇に当てて、相原を制した。カバンから取り出した白手袋をはめると、そのソケットをコンセントから引き抜く。

「すみません、聴かれているかもしれないと思ったものですから」

「聴かれている？」

「盗聴器かと思われます」

「え、これが？」

「ええ。ここの部分に、穴が開いているでしょう？」

米沢は、ソケットにキリで開けられたような、直径一ミリほどの穴を指差した。

「恐らく、この穴から音を拾っているんでしょう。中のこの部分に、マイクがあるんだと思います」

「え！」

相原は、慌てて両手で口を押さえた。

「いや、コンセントから抜いたので、もう電波の発信はしていませんよ。まあ、発信していても、すでに聴いてはいないだろうとは思いますけど」

「……………」

「とりあえず、中身を開けて、確認してみましょう」

米沢は、カバンからドライバーを取り出し、ソケットの分解を始めた。

「米沢さん、白手袋といい、ドライバーといい、こういうものをいつも持ち歩いているんですか？」

「ええ、まあ。鑑識課員の嗜《たしな》みとでも申しましょうか」

米沢は手を止めずに答える。

「開《あ》きました。やはり、盗聴器ですね。この基盤が、本体です」

米沢は、ソケットの中の小さな空間に巧妙に仕込まれた基盤を外して、相原に見せた。基盤には、超小型の集音マイクも組み込まれている。

「こんなもの、どうして？」

「恐らく、これを仕掛けた人物は、知子さんの殺害犯と同一でしょう」

「殺害って……、やっぱり知子は？」

米沢は頷《うなず》く。「殺されたんだと思います」

「……………」

「おそらく犯人は、知子さんの留守中にこの部屋に忍び込み、知子さんの飲み物に青酸カリを混入し、同時に盗聴器を仕掛けた。その後は、盗聴器で部屋の様子を盗聴し、知子さんが青酸カリで中毒死したのを確認すると、再びこの部屋に戻り、遺書の偽装を行なった。そういうことだと思います」

同時に米沢は、自らの迂闊《うかつ》さを呪っていた。なぜ、遺体が発見された当日の現場検証で、これを見つけることができなかったのか。だが、無理もなかったかもしれない。あの場では、遺体は別れた女房の知子であると信じきっていたのだ。そのことで頭がいっぱいになってしまっていた。言い訳ではあるが、目が節穴と化してしまっていても、仕方のないことだったかもしれない。

しかし、あの場でこの盗聴器の存在に気づいていれば、事件性があることを印象づける根拠になったのも事実だ。少なくとも第三者が、自由に部屋に出入りできる状況であることは確実だ。つまり、密室は崩れた。

しかしこの盗聴器にしても、事件と直接関係しているモノであるかどうかの判断は難しい。盗聴は、殺人とは別の目的。真鍋知子の私生活を覗《のぞ》き見したいだけの人間が仕掛けた、そう考えられないこともない。盗聴器を仕掛けた人物と、真鍋知子を殺害した人物が同一ということもまた、臆測の範疇《はんちゅう》でしかないのだ。つまり、他殺であることの決定的な物証とはなりえないのも確かだった。

刑事部が自殺と決定を下した今の段階で、この盗聴器の存在を持ち出したところで、その判断が覆るとは思えなかった。

臍《ほぞ》を噛《か》む思いを抱えるのと同時に、やはり犯人に対する激しい怒りが湧《わ》いた。

犯人はこの盗聴器を使って、被害者の苦しむ様子を、実況中継を聞くがごとく、盗聴していたはずなのだ。

冷酷。そんな言葉が頭を過《よ》ぎる。

「現場に残されていた『遺書』、手が加えられていた休暇届、それにこの盗聴器。もちろん、すべてのものについて、真鍋知子さんの殺害とは無関係であると判断することも可能です。しかし、おかしなものが三つも揃えば、それはもう充分に怪しいものといっていいと思います」

以前に、特命係の杉下右京も似たようなことを口にしていた記憶がある。

相原はゆっくりと頷《うなず》いた。

「相原さん、真鍋知子さんが亡くなったのは、自殺じゃない。ましてや手品なんかでは断じてない。誰かに、殺されたんです」

真鍋知子は殺された。犯人は休暇届に偽装を施している。つまり、都風協の内部の人間だ。

「おれ、もういちど理事長のアリバイを洗ってみます」

相原の顔は、いきりたつように上気していた。

翌日米沢は、盗聴器を調べてみたが、当然のことながら、指紋は採取できなかった。

そんな米沢の元に、組織犯罪対策5課の角田《かくた》課長がやってきた。

「暇か？」

「まったく暇ではありませんよ」

「そうつれなくするなよ。青酸《あお》カリを探してるんだって？」

「どうして、それをご存知で？」

「まあ、そういう情報は広まりやすいんだよ。それよりよ、これ、見てみろよ」

角田課長は、一枚の紙を差し出した。それは、ある前科者の犯歴データだった。

蒔田和樹《まきたかずき》、三十六歳。過去に覚せい剤取締り法違反で二度逮捕され、一度目は執行猶予、二度目は実刑の判決を受けていて、黒羽刑務所に収監された。二度目の逮捕の日付と、下された量刑から判断して、今はシャバにいるのだろう。

「誰ですか、これは？」

「うちで追ってたシャブの売人だよ。もうちょっとのところで、麻取《まとり》に持っていかれちまったんだがな」

「はあ……」

それがどうしたというのだろう。話が見えなかった。

「ったく、鈍いな、お前は。特命係の警部殿だったら、今の話を聞いただけで、紅茶のカップを持つ手が止まるぞ。ピタッて」

「さっぱりわかりません。こいつがなんなんですか？」

角田課長は、やれやれ、というように首を振った。

「こいつはな、インターネットを通じてシャブの取引をしていたんだが、どうやら、自殺用の青酸カリもいじってたみたいなんだよ」

米沢は、現場に残されていた青酸カリを思い出していた。それは、覚せい剤の密売時によく使われる、パケに入っていた。

青酸カリの入手ルートが判明すれば、別の角度からアプローチできる。自分たちの捜査が進展する。

「角田課長！」

ここにいた！　四面楚歌《しめんそか》の状態に陥っている自分に、協力の手を差し伸べてくれる、気骨のある人物が。

米沢は、思わず角田の手を、両手で握っていた。

「気骨〜。課長、気骨です〜」

「なんなんだよ、お前、気持ち悪いよ」

「いやあ、角田課長、見直しました」

「見直したって、どういうことだよ。今までどういうふうに見えてたんだよ」

「いつも暇そうに特命係で油売ってて、勝手にコーヒーなんか飲んじゃって……」

「バカ、それだけじゃねえよ。仕事するときはちゃんとやってんだよ。おれだって」

麻取《まとり》が身柄《ガラ》を押さえたということは、蒔田の身柄は、目黒警察署に留置されているはずだった。

「すみません。ちょっと腹の具合が悪くて、今日は早退させていただきたいのですが」

鑑識課長の広田《ひろた》に、小学生じみた申し出をしてみた。

「腹の具合？」広田は、上目遣いに疑惑の視線を向けてきた。「本当か？　顔色は、すこぶるいいように見えるけどな。そんなもん、屁《へ》でも一発ひっておけば、すぐに治るんじゃないのか」

「いやあ、屁《へ》は、朝から散々出しているんですが、一向に回復の兆しがなくて。あいたたた、胃に穴があきそうです」

大げさに腹を抱える。その大根役者ぶりに、自分で呆《あき》れるほどだった。嘘はとにかく苦手なのだ。

「胃に穴があく？　そりゃ酷《ひど》いな。それじゃあ、救急車でも呼んでやろうか？」

「いえ、それほどではありません」

「刑事部長に、お前が勝手な行動をしないよう、しっかり監視しておくようにって言われてんだよ」

「そうですか」

内村の顔を思い出して、本当に胃に痛みを感じ始めた。

「でも、まあ、身体の調子が悪いんじゃ、仕方がないな」

「え？」

米沢は顔を上げた。

「なんだったら、大事をとって、二、三日、休んでも構わないぞ」

「課長」

「部長には、おれが適当にごまかしておいてやるから」

ここにもいた!

なにも自分は、警視庁の職員すべてを敵に回していたわけではなかったのだ。

なにより広田は、米沢を本庁に引っ張ってくれた張本人だった。

米沢の存在を広田に強烈に印象付けたのは、中野区内で起きた「主婦殺害事件」だった。

白昼の住宅街の自宅マンションで、当時二十八歳だった主婦が何者かによって首を締められ殺害された。すぐに容疑者として浮上したのは、殺された主婦の夫だった。

夫は一貫して犯行を否認したが、子供のいない夫婦の不仲は近所にも知れ渡っていて、被害者がたびたび夫からの暴力を受けていた、という証言も得られていた。そして文具メーカーの営業マンとして、都内を車で動きまわる夫の事件当日のアリバイは、かなり曖昧《あいまい》なものだった。

主婦に暴行を受けた痕跡《こんせき》はなかった。乱暴目的ではない犯行動機。室内や被害者の持ち物から金品が奪われた形跡もなく、いわゆる「流し」による犯行との見方は否定された。

被害者に、夫以外の人物とのあいだにトラブルを抱えていたという事実は見当たらなかった。いわゆるＤＶの果ての殺人事件としての見立てが強まった。

しかし、当時所轄署の鑑識係員だった米沢は、現場に残された足跡《ゲソ》から、犯人は足――左足が不自由な男であると断定した。

そこから近所に住む無職の三十三歳の男性が、重要参考人として浮かび上がり、男があっさりと犯行を認め、間《ま》もなく逮捕された。

動機は後からついてきた。恐ろしいほど単純なものだった。

男は、事件の二カ月前に近くの町工場での仕事を失いぶらぶらしていた。失職の原因は、足の怪我だった。勤務中に負った怪我だったが、労災は下りなかった。

再就職も果たせず、毎日することもなく、近所の公園のベンチに座り、ぼんやりとした時間を過ごしていた。買い物帰りの主婦を、たびたび見かけるようになった。男の証言によれば、主婦は男に「見下すような軽蔑《けいべつ》の目を向けた」のだそうだ。それに腹が立った。それが犯行の動機だった。

男が犯行時に履いていたスニーカーと同じメーカーで、同程度に履き古したスニーカーを被害者の夫が所持していたことが、捜査を撹乱《かくらん》した。

だが米沢は、その足跡《ゲソ》の違いを看破したのだ。

その鑑識としての眼力が評価されたのだった。

——物証《ブツ》は嘘を吐かない。

広田がよく口にする言葉だ。

——おまえはそのことを知っている。

広田はそう言って、米沢を本庁に引っ張り上げた。

米沢が心の底から信頼している人物が本庁には二人いるが、その一人が広田だった。

「ありがとうございます」

米沢は、勢いよく鑑識課の部屋を飛び出した。背中で、あんまり元気に出て行くなよ、という広田の声を受けとめた。


早退を許された米沢は、すぐに目黒警察署に向かった。

「こちらに留置されている、蒔田という被疑者に会いたいのですが」

目黒警察署の受付に申し出たのだが、蒔田はうちで預かってるだけなんで、と、にべもなかった。

「面会というカタチでも、ダメですか？」

「やつはシャブですからね。裁判所から接見禁止が言い渡されているんですよ」

「そうですか」

その足で、麻薬取締官事務所に取って返す。

麻薬取締官事務所と目黒警察署は、歩いて五分ほどの距離にある。日比谷線の中目黒の駅からは、麻薬取締官事務所を通り過ぎて、目黒警察署がある、という位置関係にある。

「あの、蒔田和樹の件について、お聞きしたいことがありまして」

麻取《まとり》の事務所で、用件を切り出す。

「おたくは？」

受付の職員は、鋭い眼光を放っていた。

「すみません、申し遅れました。警視庁の米沢と申します」

身分を示す、バッジを提示した。

「本庁のデカさん？」男の視線が緩むことはなかった。「薬対か？　ヤツをこっちがもらうことについては、もう話がついてるはずだろう？」

「いえ、そういう用件ではありません。自分は鑑識課でして」

「鑑識課？　鑑識のデカさんが、蒔田になんの用が？」

「ええ、それが、説明すると長くなるのですが……」

「まあいいや」受付の職員は、面倒臭そうに遮ると、後ろを振り返り「吉岡《よしおか》」と、呼びかけた。

机が並んだデスクのシマの奥のほうで、首が伸びた。

「はい？」

「警視庁のデカさんが、お前に用事だとよ。蒔田の件で」

吉岡という職員に告げると、米沢に、奥に進むように促した。

「失礼します」

米沢は声をかけてから、事務所の先に進んだ。

「警視庁の米沢です」

「蒔田の事件を担当している、吉岡です。こちらへどうぞ」

挨拶を交わすと、奥のソファに身体を向けた。

「それで、ご用件は？」

吉岡は、米沢の向かいに腰を下ろした。

「じつは」早速米沢は、用件を切り出した。「青酸カリによる中毒死をしたという遺体が出まして」

「青酸カリ？　自殺ですか？」

「いえ、殺しです」

米沢は、はっきりと告げた。

「殺人、というわけですか」

「ええ。それで、その青酸カリの入手ルートを調べているわけなんですが、ひょっとして、蒔田から引いてきたものではないかと」

「なるほど。確かに蒔田は、青酸カリも扱っていたようですが、逮捕時には所持していなかったんですよ」

「蒔田に会わせてもらうことはできませんか？」

「ええ、それは構いませんが、一課長か刑事部長に、正式に要請していただく必要がありますね。接見禁止中の被疑者への、任意の事情聴取というカタチになりますから」

「そうですか」

一課長か刑事部長からの正式な要請。それを取りつけるのは、現状では不可能だ。

「それに、やつはなかなか手強いですよ。慣れているというか、下らない法律にだけは長けているというか、とにかく肝心なこと、つまり、自分の罪が重くなるようなことについては、なかなかしゃべらんのですよ。自分が売った青酸カリが、殺人に使われたとなれば、まず認めないでしょうね」

「蒔田《た》は、インターネットを通じて取引していた、と聞きましたが、なにか記録は残っていないのですか」

「その辺も慎重な野郎でね。押収したパソコンには、なんのデータも残っていないんですよ。どうやら、逮捕される寸前に、パソコンを初期化してしまったらしくて」

「パソコンはどちらに?」

「うちで保管してますが、データ復旧をやってくれる、どこか専門の業者に出そうかと思ってるわけでして」

「では、そのデータの復旧作業を、自分にやらせてもらえませんか?」

「できるんですか?」

「ええ」米沢はしっかりと頷《うなず》く。「どのように消し去ったか、ブツを見てみないとわかりませんが、ほぼ確実に」

8

麻取《まとり》から借り受けた、蒔田和樹のノートパソコンを自宅に持ち帰り、米沢は、そのデータの復旧作業に取り掛かった。

蒔田のパソコンは、吉岡の説明どおり初期化されていて、いわゆる「買ったときの状態」に戻っていた。自分に逮捕の手が伸びていることを事前に察知することができたのだろうか。

今は、起動させるだけで、パソコンをフォーマットしてしまうソフトも存在する。元々はウイルス用に開発された代物だろうが、パソコンに犯罪行為の証拠が残ってしまうのを案ずる蒔田のような人間が使っていたとしても不思議はない。非常事態には、迅速にデータの消去を図れるのだ。

蒔田のノートパソコンを分解して、まずはハードディスクを取り出す。

そのハードディスクから、特殊な読取り装置を使って、データを抽出する。フォーマットされていても、消されたデータは、ハードディスクには蓄積されているのだ。

それを自分のパソコンに取り込み、今度は専用ソフトでデータを復元させる。

大雑把にいえば、こういう作業だ。

米沢の自宅には、必要な機材とソフトが揃っていた。この手の作業は、米沢が最も得意とするものでもあった。一晩かかったが、比較的楽な作業だった。

蒔田のパソコン、その削除されたメールのやり取りの中には、やはり覚せい剤の注文が多かった。一日に三件から五件程度。かなり繁盛していたと思われる。

リピーターが多かったようで、簡潔に、

――3、お願いします。

というようなものばかりだった。

発信元は、発信者の特定が困難なフリーメール、いわゆる捨てアドと呼ばれる類《たぐ》いのものばかりだった。

そして、その中にあった。青酸カリを注文するメールだ。

――青酸カリを一〇グラムお願いします。

届け先は、以下の二箇所にお願いします。

そのメールの発信元にも、やはり捨てアドが使われていた。

青酸カリの致死量は、成人の場合で、およそ二〇〇~三〇〇ミリグラムといわれている。一〇グラムといえば、約五十人の命を奪えるほどの量だ。

その下には、上野の私設の私書箱と思われる住所と、もうひとつ、真鍋知子のアパートの住所が記されていた。分量は、私書箱宛が九グラム、真鍋知子宛が一グラムと指定されていた。

さらに、

――真鍋知子宛のものについては、配達日指定でお願いします。

という注文があり、指定した配達日は、五月九日となっていた。マラソン大会の二日前、つまり真鍋知子の死亡推定日の三日前だ。

やはりこれは、真鍋知子の元に青酸カリが届けられたという事実を残すための偽装工作だろう。

このメールの発信元にも、捨てアドが使われている。つまり、発信者の特定は事実上不可能なので、真鍋知子本人が注文した可能性も完全には否定できない。しかし、自らが自殺のために入手しようと思ったら、こんなまわりくどい方法をとるだろうか。

遺書、休暇届、そしてこの真鍋知子が自らの意志によって青酸カリを入手したと思わせる偽装。

米沢は、幾重にも偽装を繰り返す犯人に、改めて怒りを覚えた。

だが、自分の目を欺くことだけはできない。させない。絶対に。

そして、この注文メールに対しての返信は、

——ご注文、ありがとうございます。

代金は、一グラム五万円で、合計五十万円となりますが、ご新規のお客様のようですので、一割引にてお譲りします。

あ、でも、アオのお客さんは、リピーターにはなってくれないから、サービスしても無駄かな（笑）

自分で使用しないかただったら、またのご利用をお待ちしております。

代金の四十五万円は、以下の口座にお振込みください。ご入金の確認ができ次第、品物をご指示のとおりお送りいたします。

となっていた。

その後には、どうせ架空名義のものであろうと思われる、銀行口座が記されていた。

米沢は、背筋に冷たいものを感じていた。

青酸カリのような極めて危険な毒物が、このように整然と、真っ当な商取引のごとく売買されている様子を目の当たりにして、悪寒のような寒気を感じたのだ。大げさではなく戦慄《せんりつ》を覚えた。

文面の、丁寧かつ冷静な口調が、さらにその不気味さを増幅させる。彼らは狂っているわけではないのだ。いたって正常。冷静に注文し、冷静にそれを受け、処理する。そして粛々と取引が完了される。小粋な冗談まで交えて――。

そしてなによりその量だ。九グラムという、常軌を逸した大量の青酸カリ。

恐らく犯人は、現場に転がっていた五〇〇ミリリットルのミネラルウォーターのペットボトルに青酸カリを混入させたのだろう。

青酸カリを水に溶かした水溶液は、口に含んだ際、舌に強烈な刺激を伴うといわれている。つまり、気づかれる。故に犯人は、ペットボトルの中身を少量口に入れただけで――胃に到達させただけで死に至らしめるだけの、高濃度の青酸カリの水溶液を作る必要があったのだ。そのための大量購入。

米沢は、確実に真鍋知子の命を奪いたいという、犯人のすさまじいまでの黒い執念を感じた。

自分の意思とは関係のない身震いに襲われると、米沢は我に返った。すぐに相原の携帯を呼び出した。

「相原さん、青酸カリの出所が判明しました」

「本当ですか？」

「ええ……」

米沢は、経緯を説明した。

「シャブの売人ですか。ということは、知子が自分で買ったものではないってことですよね?」

「間違いないと思います」

「真鍋知子さんから相原さんに、相談があるという連絡があったのは、いつでしたか?」

「確か、マラソン大会の二日前だったので、九日の夜ですね、今月の。……まさか相談って」

「そう思います」

真鍋知子が、相原に相談したかったことというのは、青酸カリが送りつけられてきたことについてだろう。

中身を、青酸カリだと正確に認識することはできなかったかもしれないが、身に覚えのない不審なものが送られてきたのだ。不安になったことだろう。それで、警察官である元の夫に連絡をとったのだ。

携帯の電波に乗って、喉の奥から搾り出される、相原の荒く喘《あえ》ぐような息づかいが聞こえた。

そのときに、自分が最善の対応をしてやっていれば――。

相原の、自責の念に駆られているのであろう気配が、痛いほど伝わってきた。

あるいは、そのとき真鍋知子が、警察に届け出ていれば――。

今さらどうにもならない痛恨の思いにさいなまれているのだ。

米沢は、あえてそれを無視した。同情してやることは、後からいくらでもできる。

「まずは、上野の私設私書箱を当たってみようと思います」

そうは言ったが、この手のものから、その利用者を特定するのが難しいことはわかっていた。元々足がつかないことを目的に利用するためのものなのだ。

「その注文をした人物を特定することはできないんですか？」

「注文には、いわゆる捨てアドが使用されていましたので、難しいかと」

「そうですか」

「相原さんのほうはどうですか？」

「理事長のアリバイは、やはり完璧でした」

相原の声は浮かなかった。

「そうですか。誰か、別の人間に依頼したというような形跡は？」

「今のところは、それらしい人物も見つかっていません」

「わかりました」

とりあえず、相原とは上野で落ち合う約束をして、家を出た。

米沢は、まず中目黒の麻薬取締官事務所に向かい、借り受けていたノートパソコンを、吉岡に返した。

「やっぱ警視庁には器用な人がいるんですね」

復旧したデータも併せて渡すと、吉岡は喜んだ。

「助かります。これで、蒔田の売買の裏取りが楽になります」

その足で、上野の私設私書箱に向かった。

それは、上野の風俗街ともいえる、仲町通りにある雑居ビルの一室だった。いかにも胡散臭《うさんくさ》げな四階建てのその建物の一階は無料の風俗案内所、二階三階はファッションヘルスの、それぞれ別の店舗が入っている。

米沢は、そのビルの年季の入ったエレベーターに乗り込み、ゆっくりと四階に上がった。

『上野私書箱センター』。そう書かれた鉄製の扉を押し開けると、カランコロンと、来客が来たことを報せるための変な音が鳴った。

そこは、人が二、三人入ればいっぱいになってしまうくらいの、狭苦しいスペースだった。入ってすぐ目の前に壁があり、その壁には、ラブホテルのフロントを思わせる小窓が設けられていた。

小窓の上には、利用料金や、利用規約などが書かれたプラスチックのプレートが貼りつけられている。

「いらっしゃいませ」

まったく愛想の感じられない声は、その小窓から聞こえてきた。

小窓のある壁の向こうに、私書箱として使われるロッカーなりが並んでいるのだろう。そして郵便物の配達や、私書箱の利用客への郵便物の受渡しなどは、この小窓を通して行なわれているのだろうと思われた。

「警察の者です」

米沢はその小窓に、バッジを見せた。

「はあ」

声は、とくに動揺することなく答えた。

「どういったご用件で？」

「この日に、この番号の私書箱を契約していた人物について、詳しく教えてもらいたいのですが」

米沢は、手帳に書き留めた日付と私書箱の番号を、小窓に置く。

「ダメダメ。うちほら、お客さんの情報は、秘密にしないと。いくら警察とはいえ、教えられないのよ。令状でもあるんなら別だけど。それにさ、うちはご覧のとおり、お客さんとは顔を合わせないシステムになってるし、令状持ってこられても、教えられることはないけどね」

やけに熟《こな》れた対応だった。

「契約しているわけだから、なにかしら情報が残っているはずだと思うのですが」

「だから、そういうの教えられないのよ。それに、身分証を確認してやってるわけじゃないし、偽名で利用してるお客さんも多いから」

手詰まった感があった。元々この線から犯人を辿《たど》るのは無理だとは思っていた。

米沢は諦《あきら》めて、エレベーターに乗り込んだ。

米沢は、エレベーターの中で大きく息を吸い込み、かび臭《くさ》い空気を肺に貯めた。真鍋知子を殺害した犯人は、青酸カリを受け取るために、この私書箱センターを訪れている。つまり犯人は、間違いなくこのエレベーターに乗ったのだ。

今、自分は確実に犯人の足跡を辿《たど》っている。そして必ず、この足跡の先にいる人物を見つけ出す。

上野の丸井の前で相原と合流した。

「理事長に、手足となって動く人間の存在がいないか。もういちど都風協の人間に当たってみましょう」

「ええ」相原は少し考えてから続けた。「でも、ここまで状況が揃えば、さすがに本部の捜査一課も動いてくれるんじゃないんですか」

確かにそのとおりかもしれない。

しかし――。

「この事件の犯人《ヤマ》は、われわれの手で挙げましょう。それが彼女に対する弔いです」

米沢の言葉に、相原はしっかりと頷《うなず》いた。

都風協に電話をして、高橋早苗を呼び出した。都風協の内部事情を聞くには、やはり彼女が一番の適役だ。

ちょうど昼前の時間だった。昼食を一緒に、と誘うと、あら残念、わたし、お弁当なのよ、と高橋早苗は言った。

「でしたら、お弁当を食べ終わったら、どこかでお茶でもどうです？」

「ううん、でも、おごってくれるなら、お昼をご一緒してもいいわよ」

「そうですか。もちろん、おごらせていただきますよ」

高橋早苗が指定した店は、昭和通りの、入谷の交差点にほど近いそば屋だった。

「ここなら、会社の人も滅多にこないから」

高橋早苗は、お茶をすすった。彼女は天ぷらそば、米沢と相原は親子丼を注文した。

「それで、どうなの？　真鍋さん、やっぱり誰かに殺されたの？」

「ええ、恐らく」

米沢は頷《うなず》いた。

「そうなの？　それで、犯人は誰なのよ？」

「それが、まだわからないんですよ」

「早く捕まえてよぉ。まさか、うちの会社にいるんじゃないでしょうね」

「われわれは、その可能性が高いと見てます」

「あらやだ。恐いわ～」

高橋早苗は、怖気《おじけ》を感じたのか、自分を抱きしめるようにして、両手で両腕を擦《こす》った。

　注文した天ぷらそばと親子丼が運ばれてきた。

「で、刑事さんたちは、誰を疑ってるの？」

　高橋早苗は、豪快にそばをすすり上げた。

「あまり大きな声じゃ言えないんですけどね、設楽理事長じゃないかと」

「え！　理事長が？」

　高橋早苗は、目を丸くして驚いた。すすり上げる途中のそばが宙を泳いでいた。

「とりあえず食べましょう」

「そうね」

　しばらく、食事に集中した。

　食べ終えると、高橋早苗は、湯飲みに両手を添えた。

「でも、理事長が真鍋さんを、ていうのは、どうして？」

「いわゆる動機というやつですね。それは、理事長のセクハラが原因じゃないかと」

「あらやだ、そんなことまで知ってるの？」

「いや、まあ、小耳に挟んだ程度ですが」

「そうねえ、確かにあの人、そういうところがあるのよねえ」

「やはりそうなんですか」

「まあね。それが原因で会社を辞めた子も、一人や二人じゃないから」

「そうですか」

高橋早苗は頷《うなず》く。「なんでも、警察の偉い人だったそうじゃないの」

「ええ。われわれの上司というか、幹部だった人です」

「それも、セクハラが原因で辞めちゃったわけでしょう?」

「そうらしいですね」

「まあ、警察だって、いろんな人がいるわよね。もちろん、あなたたちは真面目な刑事さんなんだろうけど」

「恐れ入ります」社交辞令だろうが、そう答える。

「だって、うちの経理課長だってさ――」

「経理課長? 天野さんですか?」

「そうよ。あの人も、元々は警察官だったのよ」

「そうなんですか?」

米沢は天野の、いかにも小物です、といった風情の顔を思い出していた。

「そうなのよぉ。でもあの人も、なんか不祥事を起こしたらしくて、それで警察辞めたらしいわよ」

「不祥事、といいますと」

「横領だって」

「お金のですか？」

「決まってるじゃない。お金以外に、なにを横領するのよ」

「まあ、そうですよね」

「裏金っていうの？　なんでも横領したお金が、元々表に出せないお金だったらしくて、表沙汰《おもてざた》になることはなかったらしいんだけど、それで警察を辞めさせられたんだって」

らしい、の連発だったので、話半分に聞くことにした。

それでも、なにかしらの金にまつわる不正に関わったことは確かなようだ。裏金を横領して、表沙汰《おもてざた》にならなかったという話も、変にリアリティがある。

裏金。恐らく捜査費を流用した裏金作りに手を染めていたのだろう。

裏金は、元々存在してはならない金だから、その金が横領されても事件化されにくいのだ。

警察の裏金作りは、組織全体が関わる犯罪行為だ。自分の意志とは関係なく、その犯罪行為に関わってしまっているという場合もあれば、慣例化されているので、犯罪行為に関わっているという自覚すら乏しい、という面もある。いずれにしても、組織ぐるみの、極めて悪質な違法行為であることは間違いない。

それに、裏金について捜査するのも、裏金作りに関わった同じく警察官たちなのだという矛盾もある。

それでもやはり、なにかしらのけじめをつけなくてはならなかったのだろう。天野が真因を飲み込んだまま辞めさせられたのであろうことは、想像に難くない。いわば、とかげの尻尾切りにも似た行為があったのだろう。

「われわれの先輩ってわけですか。どこの警察にいたのか、ご存知ですか？」

「確か、山梨だったんじゃなかったかしら」

「山梨……」

米沢は、設楽の経歴を思い出していた。そこには、山梨県警の本部長職もあったはずだ。

それで合点がいった。同時に、この話に真実味が増した。

おそらく天野も、山梨県警本部にいたのだろう。県警本部の会計課。

そして天野が切られた当時の本部長は設楽だった。

同じく警察を追われて、都風協の理事長となった設楽は、切った尻尾をもういちど拾ってやった、ということだろう。

さらに想像は膨らむ。

おそらく天野は、会計課長だったのではないか。そして、裏金でプールしていた金を、本部長だった設楽に融通していた。

裏金は、各部署の歓送迎会や慰労などの飲食費のためにプールされる以外に、幹部のために作るという面もあるのだ。いかに多くの金を裏に沈めることができるか。バカげた話だが、それが会計課長の力量を測る目安になると聞いたことがある。

もちろん、県警本部の筆頭幹部は本部長だ。

そういうズブズブの関係にあったからこそ、設楽は天野を拾ってやったのではないのか。

「そんな人が、また経理課長やってんだから、わたしが言うのもなんだけど、変な会社よねえ、うちの会社って」

「そうかもしれませんね」

「あら、同意されちゃうと、なんか複雑だわ」

「すみません」

「ま、いいんだけどね。でも、理事長のセクハラって、真鍋さんは関係なかったんじゃないかしら」

「関係ない？　それは、どういうことですか？」

「ほら、あの理事長って、若い子が好きだから。ま、わたしから見れば、真鍋さんも充分に若いんだけど、三十過ぎると見向きもしないのよ、あの理事長」

ほら、などといわれても、思い当たるわけがないのだが、それが設楽の嗜好《しこう》らしい。

「失礼な話でしょ。それに理事長は、真鍋さんが亡くなった日は、出張に行ってたはずよね？」

「ええ。それは間違いないようですね。こちらでも確認は取れています」

「だったら理事長には、アリバイっていうの、それがあることになるんじゃないの？」

「ええ。ですから、誰か別の人間に殺害を依頼したのではないか、と考えておりまして」

「殺し屋、ってこと？」

「殺し屋っていうと、妙なイメージになってしまいますが、まあ、それに近い人物かもしれません」

殺し屋と言われて、米沢ははっとした。

今は、インターネットでお気軽に殺しの注文を出したり受けたりする時代だ。依頼した人間との接点は薄いかもしれない。

「誰か、理事長の部屋に、それらしい人物の出入りがあったとか、そういうのを見かけたことはありませんか？」

「あたしが？」

「ええ」

「殺し屋を？」

「殺し屋かどうかはわかりませんけど、理事長のところを訪ねてくるような人で、気になる人物とか」

「殺し屋がうちの会社に出入りしてたの？　恐いわ〜」

高橋早苗は、また例の仕種で両腕を擦《こす》る。

「殺し屋かどうかはわからないんですけどね」

米沢は念を押す。殺し屋というイメージから、いかにも胡散臭《うさんくさ》げな人物を思い浮かべられてしまうと、見落としがあるかもしれないからだ。犯罪者は、見かけだけではわからないものなのだ。

「うーん」高橋早苗は、少し思い出すような間《ま》をとってから続けた。「理事長の部屋に出入りしていた人って言われてもねえ。あんまり思い浮かばないわよね。だいたい理事長って、しょっちゅう外出してて、あんまり会社にはいないし。もうね、午後になるとすぐどっか出かけちゃって、そのまま直帰だから。やっぱいい身分だわね」

確かにいい身分だ。それで一千万を楽に超える年収が保障されているのだから、天下りはやめられないのだろう。そのほかにも、運転手つきの車、個室のオフィス、秘書、おまけにべらぼうな退職金……。ここぞとばかりに公金を貪《むさぼ》る意地汚さは、ハイエナの比ではない。天下り一人に、いったいどれだけの費用がかかっているのだろうか。

「あらやだ、もうこんな時間」高橋早苗は、壁掛け時計に目をやると、腰を浮かせた。「そろそろ会社に戻らなくちゃ」

「すみませんでした。お昼休みの貴重な時間をいただいてしまいまして」

「いいのよ、いいのよ。でも、なんか役に立つお話はできなかったみたいだけど」

「そんなことはありません。ありがとうございました。お勘定はしておきますので、会社にお戻りください」

「ごちそうさま。お弁当は夕食にするから、一食浮いちゃったわ」

高橋早苗は、そう言って会社に戻っていった。

彼女がいなくなると、店内が急に静かになった気がした。

今までその存在に気づきもしなかった、店の隅の高い位置に設置されているテレビでは、早口のアナウンサーが、夕刊記事をまくしたてるように読み上げていた。

「理事長のセクハラがなかったっていうのは、どういうことなんでしょうね」

お茶の差し替えを頼むと、相原が言った。

「気になりますよね」

米沢は、熱いお茶で口を湿らせた。

「直接理事長に聞いてみますか」

米沢は立ち上がると、勘定をすませた。高橋早苗が食べた天ぷらそばの分も、きれいに割り勘にした。当然領収書などはもらっていない。

そば屋を出た米沢と相原は、その足で都風協へ向かった。

理事長に面会を求める。

「まだ捜査しているのかね、キミたちは？」

理事長は、うんざりした様子で二人を迎えた。

「わたしは、これから出かけるんだがね」理事長は、袖を通しかけた上着を、デスクに置いた。「それに、次に来るときは、令状を持ってこいと言ったんだが、あるのかね？」

「ありません。ですが、お時間はとらせませんので」

そう返して、室内を見まわした米沢のセンサーに、反応するものがあった。

——聴かれている。

理事長は、ふん、と鼻を鳴らして大ぶりの椅子に腰を下ろした。「まあいい。聞いてやろうじゃないか」

「じつは、知子が誰かに殺害されたという、決定的な証拠が……」

相原が、突如核心を語り始めたので、米沢はそれを遮《さえぎ》った。

「理事長。どうやらわれわれは勘違いしていたようです」

ならば聴かせてやろう。米沢は、そう思った。

「勘違い？」

「じつはわれわれは、真鍋知子さんの死が、他殺ではないか、と疑っていたんです」

「他殺？　キミたちは、わたしが彼女を自殺に追い込んだと疑っていたんじゃなかったのかね」

「それもありました。ですが、自殺にも疑いがあったもので」

「自殺に疑い？　つまり誰かに殺害されたということか？」

「ええ。そこでわれわれは、じつはあなたを疑っていました。彼女を殺害する動機のある人物は、あなたしかいらっしゃらない」

「動機？」

「彼女に対してのセクハラ行為です。彼女はそれを告発しようとしていた。その口を封じるために、あなたは彼女を殺した」

「バカバカしい推理だな」

「まったくです」

「ちょっと米沢さん――」

慌てる相原を無視して、米沢は続けた。「あなたは、彼女に対してのセクハラ行為はなかったとおっしゃいました。それは間違いありませんか？」

「それは前にも言ったはずだ。彼女に対してはおろか、わたしは誰に対しても、セクハラ行為などしたことはない」

「そうですか」

「わたしが殺していないから、自殺ということか」

米沢は頷《うなず》く。

「だいたいわたしには、アリバイがあったはずだ」

「そのとおりです。あなたのアリバイは、完璧なものだった。ですから、誰か第三者に依頼したとも考えました。ですが、その形跡も見当たらない」

「初めからありはしないものに、その形跡があるわけがない」

「あなたのほかに、彼女を殺す動機のある人間がいません。したがって、彼女は自殺であると」

「今さらながら、その結論に到達したということかね」

「申し訳ありませんでした。ですが、彼女が自殺をする動機もまた、いまだにはっきりしていません」

「まだそんなことを言っているのか」

「すみません。ですが、納得しかねるのは事実でして」

「それで？」

「理事長は、彼女に対してのセクハラ行為はなかったとおっしゃいました。それならどうして、彼女は自殺したのでしょう？」

「そんなこと、わたしにわかるわけがないだろう」

「そうですね。やはり、なにか決定的な動機となるものがあれば、われわれも納得できるのですが」

米沢は、決定的な動機、という部分にアクセントを置いた。聴いている相手を意識した。

「自殺の動機か。それを見つけ出すのは、キミたちの仕事だ」

「ええ、わかっております。とにかく本日は、理事長にお詫《わ》びと、やはり彼女は自殺であったというご報告に参りました」

設楽は、満足そうに頷《うなず》いた。

都風協を出ると、相原が食って掛かった。

「ちょっと、米沢さん、どういうことですか？」

「聴かれてたんですよ」

「聴かれてた？」

「ええ。理事長の部屋の、大型テレビの脇にあったコンセントに、真鍋知子さんの部屋にあったものと同じタイプの盗聴器が仕掛けられていたんです」

「え！　本当ですか？」

「ええ」

間違いない。一ミリ程度の穴の開けられた二叉《ふたまた》ソケット。あれは盗聴器に違いなかった。

「どういうことですか？」

「わかりません。ですが、犯人が理事長ではないことは確かです」

「じゃあ、いったい誰なんですか？」

「それもわかりません。まったくわからなくなってしまいました。しかし犯人は、休暇届の偽装を行なっていました。その時点で、都風協の人間に絞られます。理事長の部屋に盗聴器を仕掛けることができるのも、やはり都風協の内部の人間だと思います」

「しかし、なぜ理事長室に盗聴器なんか仕掛けたんですかね」

「犯人は、自分たちと理事長のやり取りを聴きたかった。つまり、われわれがなにを握っているのか、それを知りたかったわけです。だからあの場では、真鍋知子さんが殺害されたという決定的な証拠――青酸カリが、誰か別の人間によって送りつけられたという証拠を、われわれが入手したことを、犯人側に教えるわけにはいかなかった」

「つまり、犯人をはめようと？」

「ええ。幾重にも偽装を繰り返す犯人です。次も、自殺の動機となる、決定的なものを必ず出してくるはずです」

9

米沢は、江戸川区にある釣堀で糸を垂らしていた。平日の午前の釣堀には、静かな時間が流れていた。

近所の老人と、その孫と思《おぼ》しき小学校に上がる前といった年頃の子供が並んで竿《さお》を握っている。ほかには、株の情報でも聞いているのだろうか、ラジオのイヤホンを耳に入れ、新聞の株価欄を眺めながら糸を垂らしている、これも年配の男性。

そんな長閑《のどか》な空気の中、米沢だけが、鋭い視線を水面にぶつけていた。

餌《えさ》は撒《ま》いた。

盗聴器に、餌《えさ》となる情報を吹き込んだ。

あとはその餌《えさ》に、犯人が食いついてくるのを待つだけだ。「自殺の決定的な動機」を持って食いつくのを。

そんな今の状況に似ているから、釣りにきたわけではないが、家でただじっと待っていることもできなかった。

餌《えさ》に食いついてくるのは、いったい誰か。

今度はどのような、偽装された「証拠」を持ち出してくるのか。

午後になると、学校が早く終わる日なのか、子供たちが数人連れ立ってやってきた。

少し騒がしくなったが、目くじらを立てるほどのことでもない。

そろそろ竿《さお》をしまうか。

そんな頃合いに、米沢の携帯が鳴った。電話の相手は、都風協の天野だった。

「米沢さん、じつは、ちょっと気になるものが出てきまして」

「気になるもの？　なんですか？」

「電話ではちょっと……」

直接お見せしたいという天野に、米沢は、すぐに伺います、と答えた。

竿《さお》をしならせるには、充分な手応えを感じていた。

相原の携帯を呼び出し、都風協で合流する段取りをつけた。

「すみません、わざわざお呼び立てして」

応接室で、天野と向かい合った。

「いえ、構いませんよ。それで、見せたいもの、というのは？」

「ええ、これなんですが……」

天野が恐る恐る差し出したのは、一通の預金通帳だった。

「なんですか、これは？」

「見てのとおり、預金通帳なんですが、真鍋さんのデスクから出てきまして」

「中を拝見しても？」

「ええ、どうぞ」

米沢は念のため指紋を付けないように、ハンカチを器用に使い、通帳を手に取った。

普通口座の通帳の名義は、『株式会社　メイワ印刷』となっている。

中を開くと、金の出し入れが書き込まれている。

振込先は、ザ）フウケンキヨウ、となっていて、金額は百万単位だった。金は、振込みがあったたびに、そのつど引き出されている。

「これがなにか？」

米沢は、天野に目を向けた。

「うちは、風俗環境健全化の啓発のためのポスターなども作っているので、もちろん印刷会社などとも取引があるわけですが、このメイワ印刷という会社は、うちの取引先にはないんですよ。そもそも、取引先にあったとしても、その通帳が真鍋さんのデスクから出てくるというのは、どうにも不自然なわけでして」

「それはつまり、真鍋知子さんが横領をしていたと?」

天野は頷《うなず》いた。

「もしかしたら、これが発覚することを恐れて、真鍋さんは自殺されたのではないかと思ったものですから」

「バカな！　知子が横領なんて、するわけがない！」

相原の口から、叫びにも似た声が迸《ほとばし》った。

「ですが、こうして、このようなものが出てきてしまったわけですし」

「なるほど。それは自殺の動機としては、充分に考えられることかもしれませんね」

「ちょっと米沢さん……」

「天野さん、この通帳をお借りしてもよろしいですか?」

「ええ、構いませんよ」

天野は、自信たっぷりに応じた。

「米沢さん」

都風協を出ると米沢は、追いすがる相原を無視して、足早に歩いた。一刻も早く都風協から離れた場所に行きたかったのだ。

公園に出た。いつか相原が、頭を冷やすために顔を洗っていた公園だ。

「まさか米沢さん、知子を疑っているわけじゃありませんよね?」

「…………」

米沢は、まったく別のことを考えていた。

「冗談じゃない。知子が横領していたなんて」

「相原さん、落ち着いてください」

「落ち着けませんよ。疑いをかけられた人間は、それを晴らす権利があります。だけど、知子にはもうそれはできないんですよ。だったら、おれが晴らしてやります。通帳を貸してください」

「もちろん通帳は調べますよ」

「米沢さん――」

「相原さん、もう忘れちゃったんですか? 自分たちは、餌《えさ》を撒《ま》いたんですよ。偽装した証拠を出させるための」

「あ! ……じゃあ、これが?」

米沢は頷《うなず》く。「間違いないと思います」

「なんだ、だったら早く言ってくださいよ」

「あの場では言えませんよ」

「そうですよね」

「とにかく、この通帳に付着している指紋を調べましょう」

「そうですね。知子の指紋が出なければ、知子は横領には関与していなかったってことになりますからね」

「ええ」

「本部に行きますか？」

「いえ、うちでやります」

「うちって、米沢さんのうちですか？」

「ええ。自分は休暇中の扱いになっているので、本部に顔を出すわけにはいかないんですよ」

「そうか。でも、米沢さんのうちで、指紋の採取なんかできるんですか？」

「できますよ」

二人は、米沢の自宅に向かった。

その前に、真鍋知子の指紋のサンプルを得るために、彼女の部屋に寄り、彼女の手帳を持ち出した。

通帳から検出した指紋が知子のものであるか否かを照合するためには、指紋のサンプルが必要だった。もちろん、真鍋知子の指紋のサンプルは本庁に保存されているが、それは使えない。

通帳から真鍋知子の指紋は検出されないだろう。そう思ってはいたが、米沢は、通帳を借り受けたときの、天野の余裕の態度が気になっていた。

自宅の最寄り駅に到着した。

「ヘイ！　ヨネ！」

夕暮れ時。駅前広場は、学校が終わった高校生や、同じ年頃の若者たちがあちこちにたむろし始めていた。その中の一団——制服とB-BOYファッションが半々のグループの一人が声をかけてきた。だぶだぶのNBAのランニングユニフォームに、同じチームのキャップ。足元はティンバーランドのイエローブーツで固めている。その黒人気取りの若造と、がっちりとHIP-HOPスタイルの握手を交わして通り過ぎる。

「なんすか、今の？」

「ちょっとした知り合いです」

彼らはダンサーだ。あたりが暗くなるのを待っている。駅前広場のガラス張りのコンコースを鏡代わりにして、ダンスの練習をしているのだ。

じつは今でも、たまにこの駅前広場で路上ライブを行なっている米沢は、彼らとは顔見知りだった。

「知り合い？」

相原は怪訝《けげん》そうな顔を作った。

「それより、うち、飲み物とかなんにもないので、コンビニで買い物していきましょう」

コンビニで、二リットルのウーロン茶を買って外に出た。

「あ、米沢」

「おう」

今度は、自転車に乗った小学生に呼び止められる。

「こんどのヒバンはいつ？」

「んー、当分ないな。ちょっと忙しいから」

「ちぇっ、つまんねえな」

「それより早く帰らないと、もうすぐ暗くなるぞ」

「わかってるよ。今帰るとこだっつーの」

小学生は、じゃあな、と言って、自転車をこぎ出した。

気をつけてな、と声をかけてやる。

「なんすか、今のは？」

再び相原は妙な顔で訊いてきた。

「ちょっとした知り合いです」

彼は近所に住む小学生の山田健一《やまだけんいち》だった。米沢が休みの日に、米沢の部屋にゲームをしにきたり、マンガを読みにきたりするのだ。

「知り合いって、小学生でしょ。しかも呼び捨てにされてたじゃないですか」

「ええ、まあ」

「米沢さんの私生活って、どうなってるんですか？」

「まあ、普通ですよ」

「普通って……」

わけわかんねえ、というように、相原は首を振った。

そんなやり取りをするうちに、米沢が住むマンションに到着した。

「うわ、なんすか、この部屋？」

部屋に入ると、相原が素っ頓狂《すっとんきょう》な声を上げた。

部屋は1LDK。男の一人暮らしには充分な広さだ。

相原が驚いたのは、壁一面の本棚、そこにぎっしりと詰まっているマンガ本を目にしたからだろう。蔵書は二千冊を超えている。

「へへ、すごいでしょう」

この蔵書は、ちょっとした自慢だった。

「これじゃあ、奥さん逃げちゃうわ」

「ちょっと、相原さん」

「しかも、まだコタツだし」

リビングのテーブルはコタツになっている。

「ああ、しまい忘れちゃって」

「しまい忘れたって、もう五月ですよ」

「でもたまにスイッチ入れますよ。何気にまだ寒い日もありますし」

「まあ、そうかもしれませんけど。とりあえずウーロン茶、冷蔵庫に入れておきますよ。……って、なんすか、これ？」

冷蔵庫を開けた相原が、二度目となる変な声を出した。

「はい？」

「冷蔵庫の中身ですよ。マヨネーズだらけじゃないですか。びっくりして、声が裏返っちゃいましたよ」

「ああ、よく使うんで」

マヨネーズは、米沢の大好物だった。業務用サイズのものを、常に五本は買い置きしてある。

「よく使うからって、これはやりすぎでしょ」

「そうですか？　一日一本使うこともありますけど」

「はあ？　一日一本って、どんだけコレステロールを摂取すれば気がすむんですか」

「マヨネーズは万能ですからね。なんにでも合いますし。応用も効きますからね」

「応用？」

「マグロの赤身にマヨネーズかけると、大トロになるんですよ」

「大トロになるんじゃなくて、大トロみたいな味になるってことでしょ。だいたい大トロ食べたかったら、初めから大トロ買えばいいじゃないですか」

「いや、そういうことじゃないんですよね。意外な組み合わせによって、劇的な味の変化をもたらすって、すごくないですか？」

「すごいことなんですか？　おれにはよくわかりませんけど」

「じゃあ、イチゴにマヨネーズかけると、なんの味になるかわかります？」

「知りませんよ。べつに知りたくもないし。だいたい、イチゴにマヨネーズって時点でありえないし。なんかの罰ゲームでしょ、それ」

「でしょ。そう思うでしょ」

「ええ」

「びっくりすると思うのにな」

「いや、じゃあ気になるから教えてくださいよ」

「大トロです」

「また大トロですか」

相原は驚かずに、呆《あき》れ顔になった。これじゃあ、奥さん逃げちゃうわ、再び口をついたそのセリフを飲みこんだのかもしれない。

「いま、道具を出してきますから。とりあえず、座っててください」

米沢は、クローゼットの奥を漁《あさ》った。

「しかし、そういう鑑識道具を自宅にも持ってるなんて、鑑識の人って、すごいですね……」

相原は、気を取り直したように、そんなことを言ったが、

「お待たせしました」

米沢が持ち出してきた指紋採取キットを見て、唾を飛ばした。

「って、それ、おもちゃじゃないっすか」

「そうですよ」

米沢が出してきたのは、科学雑誌の付録にあった指紋採取キットだった。

コタツの上に置いてあるPS3や、蒔田のパソコンデータを復旧させるために使った機材をどかして、指紋採取キットを広げる。

「そんなんで、ちゃんと指紋がとれるんですか?」

相原は目を細めて、あからさまな疑いの眼差《まなざ》しを作った。

「いやあ、よくできてるんですよ、これが」

「大丈夫かな」

「大丈夫ですよ。原理は同じですから」

アルミ粉末を対象に付着させて、指紋を浮かび上がらせる。それを透明の粘着シー

トに写して固定する。確かに原理は同じだった。

米沢は作業を開始した。

まずは真鍋知子の自宅から持ってきた手帳の指紋をとる。続いて預金通帳。横では相原が、文句を言いつつも、瞬きする間も惜しんで、米沢の手元を見つめていた。

預金通帳からは、二人の人物のものと思われる指紋が出た。一方は、恐らく天野のものだろう。

その採取された指紋を、真鍋知子本人のものと比較するために、米沢は両方の透明シートを重ね合わせて、電灯に翳《かざ》した。

「どうですか？」

相原が訊いてくる。真鍋知子がこの通帳に触れていない、つまり彼女が潔白であることを告げられるのを待っている声だった。

「一致しました」

「え？……一致？　それって、どういうことですか？」

「真鍋知子さんは、この通帳に触っている、ということです」

「そんな……」

「ですが、この指紋は生きていない」

「生きていない？　それは、生体反応みたいなことですか？　そんなことまでわかるんですか、こんなおもちゃなのに」

「いや、そういうわけじゃありませんよ。指紋が生きているときに付着したものか、亡くなってからのものなのか、それは本物の鑑識資材を用いても判別はできません」

「じゃあ、どういうことですか？」

「指紋の付着している位置です」

「位置？　場所ってことですか？」

「ええ」

「ああ！」

相原はわかったようだ。

「そうか。普通に通帳を取り扱う際とは、全然違う場所に指紋が付いていたってことか」

相原は、粉が吹いている預金通帳に目を向けた。

「ん？　でも、そんな不自然な感じはしませんね」

相原が言ったのは、指紋の付着の仕方、ということだろう。通常、通帳を取り扱う際には、親指の指紋が表表紙《おもてびょうし》に付く。あるいは、極端な例を挙げると、通帳の向かって左側に右手の指紋がついていたりといった具合に、通常ではありえない付着の仕方をしている場合は、偽装された可能性が高くなる。

だが、これも相原のいうとおり、通帳に付着した指紋に、不自然な点は見られない。左手で触るべきところなどに、右手の指紋が付いている、などということはなかったし、妙な持ち方をした形跡も見当たらない。

「どの指紋の位置がおかしいんですか？」

「付いている指紋の位置がおかしいわけじゃなくて、本来付いているべき場所に、指紋が付いていないんですよ」

「本来付いているべき場所？」

「袋に入った通帳を取り出すときに、普通はどうしますか？」

米沢は自分名義の、某銀行の某アニメキャラの通帳を出してくると、やってみてくださいというように相原に渡した。

「念のため言っておきますが、中身は見ないでください」

「見ませんよ。興味もないし」

そう言って相原は、通帳袋から通帳を取り出した。親指と人差し指で、袋の中の通帳を摘《つま》むように持つと、そのまま抜き出す。

「普通は、こうじゃないんですかね」

「ええ、そう思います。とくにこの通帳袋は、取り出しやすいように、袋の口の真ん中部分がへこんでいて、通帳を摘《つま》みやすくなっています」

米沢は、メイワ印刷名義の通帳袋を持った。それは、米沢の説明どおりの形状をしていた。

「つまり、真鍋知子さんがこの通帳を実際に取り扱っていたのなら、通帳のこの部分に、彼女の指紋が付いていなければおかしいんですよ」

この部分とは、通帳の背――袋から通帳を抜き出す際に指で摘《つま》む部分のことだ。米沢は続けた。

「ですが、この通帳のこの部分に、真鍋知子さんの指紋は付いていません」

「そうか、だから生きていないってことか」

「ええ。おそらく犯人は、真鍋知子さんの遺体の指に、この通帳を触れさせたんだと思います」

指紋が生きていないというのは、もちろん指紋自体が、本人の活動によって付着したものではない、ということを意味していたが、それともうひとつ、遺体から付着させたものであることも意味していた。

米沢は、通帳を借り受けたときの、天野の自信ありげな表情を思い出していた。

なるほど確かに、通帳を取り扱うのに不自然なカタチに指紋は付いていなかった。

かなり巧妙に偽装は施されている。しかし、それでも自分の目を欺くことはできない。

どこかに一箇所でも不自然なところが残っていれば、自分はそれを絶対に見逃さない。

「人は嘘をつきますけど、物証《ブツ》は嘘を吐きません」

「おー、かっこいいですね、米沢さん。初めて尊敬しました」

「いや、まあ、うちの課長の受売りなんですけどね」

確かに広田がよく言う言葉だったが、これは鑑識課員なら誰もが持っている信念にも似た思いだった。

10

翌日米沢は、警視庁に登庁した。結局二日休んだことになる。

犯人は、ついにボロを出した。

横領の発覚を恐れての自殺。確かに動機としては成立している。

しかし、同時に自らの殺人の動機も露《あら》わにしたのだ。

真鍋知子は横領などしていない。横領していたのは、天野本人だろう。

この横領の事実は、いずれ発覚する。それならば、誰かに罪を被《かぶ》せて殺してしまおう。

それが、真鍋知子を殺害した動機だろう。

犯人は天野で間違いない。

おそらく、通帳に記載された日付の、銀行の防犯ビデオの記録をあたれば、金を引き出している天野の姿を確認できるはずで、それをもって殺人事件としての捜査が開始される。

米沢は、すぐに特命係を訪ねたが、彼らは不在だった。

特命係の事情にはやたらと詳しい、組織犯罪対策5課の大木《おおき》、小松《こまつ》の両刑事に尋ねると、いまだ、爆弾テロ未遂事件の真犯人の取調べに追われている、とのことだった。なんでも、爆弾テロ未遂事件から、今度は政界を揺るがす「爆弾」が飛び出すかもしれない、というのだ。

やはり彼らは、四六時中特命係の部屋を覗《のぞ》き見しているだけのことはある。

続いて捜査一課に足を運ぶと、デスクで、伊丹がふんぞり返っていた。

米沢は、伊丹に事の経緯を説明した。

「横領？」

「ええ」

「なんでも天野は、警察官時代に、裏金の横領が発覚して、職を辞したそうで」

「なるほどな。セクハラと同じで、そういうのも病気みてえなもんだしな。元々金に汚ねえ野郎なんだろうな」

「そうかもしれません」

金に汚い体質の人間。そういう輩《やから》は確かにいる。そういう人間は、目の前に金があれば、懐に入れてしまうのだ。いわば習性のようなもので、高橋早苗が指摘したとおり、そんな人物を再び経理に置く都風協がどうかしているのだ。

「天野が横領していて、それに気づいた真鍋知子は、口封じのために天野に殺されたってわけか」

「ええ。しかも、彼女に横領の濡《ぬ》れ衣《ぎぬ》までおっ被《かぶ》せて。死人に口なし、というわけです」

「確かに動機としては成立しているな。特命には、話を持っていかなかったのか？」

「いや、まあ、やはり一課に話を持っていくのが筋かと……」

「ケッ、わざとらしいことぬかしやがって。どうせ先に特命に行ったが、やつらはいなかった。それでおれのところにきたんじゃねえのか？」

図星だった。なぜ自分の嘘は、こうもすぐにバレてしまうのか。

「まあ、こっちも、手柄になるなら文句はねえ。少し調べてやるよ」

「お願いします」

「まずは防犯ビデオの映像を、銀行に提出させるか」

米沢から、メイワ印刷の通帳を受け取ると、伊丹は重そうに腰を上げた。

「米沢ぁ！」

伊丹がものすごい勢いで怒鳴り込んできたのは、その日の夕方だった。

「てめえ、腐った情報《ネ》喰《タ》わせやがって」

「え？」

わけがわからなかった。

「これを見てみろ」

伊丹は、一枚のＤＶＤを米沢に投げつけた。

わけがわからなかったが、米沢はそのＤＶＤを、パソコンのドライブにセットした。

パソコンは軽い唸《うな》り声を上げて、ＤＶＤの再生を始めた。

映し出されたのは、銀行の防犯ビデオの映像だった。カウンターの内側にあるカメラの映像なのだろう。窓口係《テラー》の後ろ姿の向こうに、客の顔がはっきりと映っている。

「一時五十五分まで進めてみろ」

伊丹の指示どおり、画面のタイムコードを確認しながら、モニターの中のコントロールパネルを操作する。

そして出てきた映像は――。

「え！」

真鍋知子が、金を引き出している場面だった。

「あの女が、自分で金を引き出してるじゃねえか」

「そんな……」

「おい、米沢。どういうことだ、あ？」

「わかりません」

さっぱりわからない。いったいどういうことなのか、画面の中の真鍋知子に、説明してもらいたいぐらいだ。

「わからねえだあ？　だったら、おれが説明してやるよ。この女が自分で横領してたんだよ」

「そんなはずは……」

「だったら、この映像は、どう説明つけんだよ」

「……」

黙るしかなかった。

「クソッ、てめえの口車に乗せられて、バカ見ちまったぜ」

伊丹は散々毒を吐くと、鑑識課の部屋から出ていった。

米沢は、モニターを見つめていた。

気になるのは、真鍋知子の表情だ。担当している窓口係に、笑顔さえ浮かべて対応している。やましい金を扱っているという態度には、とても見えなかった。

真鍋知子は、横領に手を染めてなどいない。米沢は、昨日出した結論に立ち返った。

そもそも彼女の暮らしぶりを見れば、横領などしていたようには思えないのだ。皮肉にも、真鍋知子の、あまりいいとはいえないその暮らしぶりが、彼女の潔白を証明していた。

だが、確かにこの映像は、彼女が横領していた事実を示す、動かぬ証拠といえる。

しかし、と米沢は思った。

これも偽装だ。天野の偽装――。

天野にしてみれば、横領が発覚することは想定の範囲内だったのだろう。だから、保険をかけていた。濡《ぬ》れ衣《ぎぬ》を着せられる身代わりを用意していたのだ。真鍋知子に罪を被《かぶ》せて、殺害してしまうところまで、天野の計画には入っていたのかもしれない。

悪事は進化する。悪質化する。

横領に限っていえば、それは金額の多寡のことかもしれないが、発覚しないための手口の巧妙化、ともいえる。さらには、発覚した後に、言い逃れができる退路を確保しておくことでもあるだろう。

横領の事実は、天野にとっては最後の切り札だ。できれば出さずに済ませたかったはずだが、米沢と相原が執拗《しつよう》に自殺を疑うので、仕方なく最後のカードを切ったのだろう。

横領の事実が明るみになれば、真っ先に自分に疑いの目が向けられることなど、天野は百も承知しているはずだ。それでも、あえてカードを切った。

つまり、そこにも偽装が施されているからだ。誰かに罪を被《かぶ》せることができる偽装。

その誰かとは、真鍋知子にほかならない。

天野は、横領した金の引出し役を真鍋知子にやらせた。もちろん真鍋知子は、自分が引き出している金が後ろ暗い金であることは、微塵《みじん》も知らなかった。それは、彼女が金を引き出している際の表情を見れば明らかだ。

だが、彼女は気づいてしまった。

そして、口封じのために天野に殺された。バレたら、罪を着せて殺害するという、天野の当初の計画どおりに。

この推理は、おそらく正しい。

しかし、それを立証するのは困難かもしれない。

「あら、珍しい」

どうすれば、天野を追い詰めることができるのか――。

そんなことを考えているうちに、米沢は、無意識のうちに「花の里」に足を向けていた。

扉を開けると、店のおかみであるたまきの明るい声に迎えられた。「花の里」は、杉下右京の元嫁である、宮部たまきの店だ。

そういえばここにも、別れてからもいい関係を保っている元夫婦がいる。

それにしても、右京とたまきの関係というのは謎だ。米沢にとっての、世界の七不思議のひとつに数えられている。

「薫ちゃんと右京さんなら、来てないわよ」

亀山薫の嫁の美和子もいた。

「ええ。そのようですね」

「とにかく座ってくださいな」

さあ、どうぞ、とたまきに促された席に、はたと思い当たった。

「ここは、いつも杉下警部がお座りになられている席では？」

「ええ、そうですよ。でも、べつに指定席というわけではありませんからね。どうぞご遠慮なく」

「そうは言われましても……」

結局米沢は、右京の席と、薫がいつも座っている席を避けて、美和子の隣に座った。逆の隣が、いつも薫が座っている席と記憶している。

「まあ、飲んでよ、米沢さん」

美和子が熱燗《あつかん》の徳利を差し出してきた。

「これは、どうも」

と、お猪口《ちょこ》で応えようとしたが、そこで美和子の手が止まった。

「あ、そういえば、米沢さんにお酒飲ませたらダメだって、薫ちゃんから言われてたんだった」

「ああ、そうでしたね。じゃあ、なにか別のものをお出ししますね。ウーロン茶でよろしいですか？」

「ええ。すみません」

酒が原因で嫁に逃げられた。米沢の離婚の原因は、周囲にはそういうことになっているので仕方がない。元より、今日は酒を飲む気分でもなかった。米沢の前には、氷の入ったウーロン茶のグラスが置かれた。

「そうだ」美和子がなにか思い出したように言う。「米沢さんに、お礼言っとかなきゃ」

「お礼、ですか？」

「うん。例のマラソン大会の爆弾事件、米沢さんのおかげで犯人発見できたって、薫ちゃん、言ってたから」

「あら、そうだったの。わたしたちもあのマラソン大会には、出場していたんですよ」

「ええ、存じております」

「じゃあ、米沢さんは、わたしたちの命の恩人ってわけね。ありがとうございます」

たまきはかしこまって言う。

「いや、そんな、大げさすぎます」

「でもホント、大変な事件だったみたいね。マラソン大会の後、着替えを届けに行ったんだけど、薫ちゃんの服、ドロドロになってたし」

「ほー、着替えを届けに、ですか」

難しい事件に出くわし、何日も本庁に泊り込みになったときなどに、知子もよく着替えを届けにきてくれたことを思い出した。

「ちょっとぉ、なによその言い方。あたしだってね、刑事《デカ》の女房として、やることはちゃんとやってるんですからね」

「いやいや、べつに変な言い方をしたつもりはありませんよ。なんだか胸にグッとくる話だなあと思いまして」

「バカにしてんでしょ」

「いえ、べつに、バカにしているわけでは……」

絡まれてしまった。美和子は少し酔っているようだった。

「それはそうと、なにか面倒な事件を抱え込んでるって顔してるわね」

美和子がにじり寄ってきた。

「さすが亀山夫人、鋭いですね」

「そりゃ、まあ、特命係とは長いつきあいですから。厄介事を背負い込んでいる人の気配には、敏感なのよ。ねえ」

と、たまきと目を合わせて笑う。

「なるほど」

妙に納得させられてしまった。

「それで右京さんに相談に見えたのね。残念だわ。もう来るとは思うけど」

「いえ、そういうわけでは……。自分は、やっぱり失礼します」

ここに来たのは、やはり無意識のうちに特命係の力を借りようとしていたからだろう。しかしこの事件《やま》は、自分の事件《やま》だ。自分と相原の二人の事件。
米沢は、結局右京と薫が現われる前に、「花の里」を後にした。
しかしその夜、相原に連絡を入れることはできなかった。

11

翌日米沢が登庁すると、デスクの上に一枚のCDが置かれていた。そのCDには、付箋《ふせん》紙が貼られていた。

――たまには、志ん生《しょう》師匠以外のものもいかがでしょう。


桂文楽《かつらぶんらく》師匠の「酸豆腐《すどうふ》」です。

杉下右京

メモ書きなのに力強さを感じさせる、癖はあるが達筆といえる万年筆の文字だった。インクはパーカーのブルーブラックだろう。なぜか鑑識の眼で分析してしまった。しかし、のん気に落語なんか聴いている場合ではないのに。

そうは思ったが、そのCDをパソコンに取り込み、i-podにダウンロードしていた。

昭和の落語界の二大名人。そのうちでも米沢は、古今亭《ここんてい》志ん生を好んでいた。確か右京もそうだったはずだ。

だからといって文楽が嫌いというわけではない。

志ん生には、並みの人間にはない天真爛漫《てんしんらんまん》な魅力がある。破天荒な生きざま、芸風を表わすエピソードには事欠かない。

決して聴きやすいとはいえない、そのあまり滑舌《かつぜつ》のよくない語り口も味といえる。

志ん生が高座に上がり、「えー」と声を発すれば笑いが起こったという話も、決して誇張されたものではないのだろう。

対して文楽は、噺《はなし》を細部まで緻密に練りこむことを芸風にしていた。そこには落語家としての矜持《きょうじ》、仕事（落語）に対しては決して妥協を許さない文楽の、完璧主義者としての執念と誇りが感じられた。

最後は、噺《はなし》の中の登場人物の名前が出てこなくなり、「勉強し直してまいります」と言って高座を降りた。一方の志ん生は、登場人物の名前が噺《はなし》の中で変わってしまうことも珍しいことではなかったという。そこをしても、二人は好対照な人物といえる。

唯一無二の存在である志ん生には憧れを抱いているが、尊敬という意味では文楽に惹かれる、ということかもしれない。

日本晴れ。

梅雨を間近に控えた東京の空は、雲ひとつなく晴れ渡っていた。

官庁街とビジネス街の狭間にある日比谷公園から見上げる、ビルに切り取られた四角い空も青くまぶしい。夏の日差しを思わせる太陽の光は、噴き上がる水の飛沫《しぶき》をきらきらと輝かせている。

昼休みを待って、米沢は日比谷公園まで足を伸ばした。

気分転換するのに、米沢にはお気に入りの場所があった。

思い出ベンチ。日比谷公園の噴水の周りには、メッセージプレートが付けられたベンチが設置されている。希望者が、なにかの記念に設置するのだろう。

そのひとつが、米沢のお気に入りの場所だった。そのベンチは空いていた。

――この場所で出会いました

まーくん&ともちゃん

もちろん、自分たちが取りつけたベンチではない。このベンチの設置が始まった平成十五年には、もう知子とは別れていた。そもそも、「まーくん」などと呼ばれたことはないのだ。

赤の他人の思い出ベンチだが、どうしても自分と、自分たちと重ねてしまうのだった。

ベンチに座るとイヤホンを耳に突っ込み、i-podのプレイボタンを押した。

「酢豆腐」。桂文楽の十八番のひとつである。

右京はただ単に、共通の趣味を持つ職場の仲間に、落語のCDを貸しただけだろうか。それともこの演目自体に、なにかの意味があるのだろうか。

初めはそんな深読みにも似た考えに、頭を使っていた米沢だったが、「野崎」——威勢のいい三味線の出囃子《でばやし》が聞こえ、文楽が、独特の律儀な挨拶から枕を話し始めると、間もなく噺《はなし》の世界に引き込まれた。

「酢豆腐」は、上方では若干サゲが変わる「ちりとてちん」としても有名な噺《はなし》だ。

暑い時分に若い衆が数人集い、暑気払いに一杯やろう、という話になった。だが下《さか》物《な》がない。しかし買いに行きたくても、宵越しの銭は持たない江戸っ子たちは、銭を持っていない。

その内に、昨夜買った豆腐のことを誰かが思い出し、あれはどうしたろう、と言い出した。

若者の一人、与太郎は、ネズミに食われないように釜の中に入れて蓋《ふた》をしてある、という。

「そいつはいけねえや。このウン気に、そんなところにしまったんじゃあ、たまらねえぜ。とにかく持ってきてみろ」

と、与太郎に持ってこさせた豆腐を見ると、すっかり腐って黄色くなっている。毛まで生えて、シャツの裏みたいになっている始末。

あーあ、と思って一同が鼻をつまんだところへ、向こうから、日頃から通を気取って鼻持ちならない若旦那が、偉そうに歩いてきた。

こりゃあ、面白いのが来た、と一同目を合わせて若旦那を呼び込んだ。

「ねえ、若旦那。あなたは大した料理道楽と伺ってますが、粋な凝った食べ物も随分とお食べになっていることでしょうね。あなたに見ていただきましたらわかると思いますが、これはいったいなんでしょうね？」

と、例の腐った豆腐を持ち出して見せる。

若旦那は、普段から通を並べている手前、わからないとはいえない。

「うーむ、これは、つまりなんですよ。その、うん、酢豆腐といいましてね、贅沢でオツで、本当の食通が味わうものでありますよ」

などと、例によって知ったかぶりを語り始める。

「へえ、大したもんでござんすね。それじゃあ、ひとつ旦那、食べて見せてくださく匙《さじ》ですくって口まで持ってきたはいいが、その臭気はむせ返るほど。鼻をつくどころか、目にピリッと沁《し》みる。

「これは目ビリといってね、これがまたいいんですよ。通はまず、これを堪能する」

などと、知ったかぶりを並べながら、なんとか食べないようにしようとするが、そうもいかない。

そしてついに、我慢して一口頬張ると、目を白黒させて苦しんだ。

「ありゃりゃ、ほんとに食べたよ、この人は」

と一同は笑い転げる。

「ささ、どうぞもっとお食べください。ご遠慮なく」

悪乗りして薦めるから、若旦那は絶体絶命。そこで一言――。

「うーん、酢豆腐は、一口に限る」

ただ声色を変えているというだけにはとどまらない。文楽の中に、大勢の人格が生きている。宿っている。セリフの間《ま》、畳みかける掛け合いの妙、その緩急自在の話芸はやはり名人芸と呼ぶに相応しい。
——あいつは酢豆腐だから。
生半可《なまはんか》な通を「酢豆腐」と呼ぶくらい有名な噺《はなし》である。
若旦那がこれを食べるくだりに可笑《おかし》みがあるわけだが、知ったかぶりをやっつける
という痛快さもある。
知ったかぶり。つまり嘘を吐くやつは痛い目に遭う、そういうことだ。
米沢には、偽装を繰り返す天野を暗示しているように思われた。
嘘はいずれ必ず破綻を見る。
つまり、偽装には必ずどこかに綻《ほころ》びがある、ということだ。右京はそれを伝えたか
ったのだろうか。
もちろん、こんなふうに痛快にやり込めることができれば苦労はない。しかし米沢
には、天野をやり込める材料がないのだ。
杉下右京だったらどうするのだろうか？
米沢は、ｉｐｏｄの液晶画面をぼんやりと見つめていた。そこにはファイル名の
「落語」の文字が浮かび上がっていた。
落語——。

意味もなく逆さにしてみた。

語落――。

あ！

語るに落ちる。

そういうことかもしれない。

問うに落ちず、語るに落ちる。

それは、右京がよく使う手でもある。

犯人にしか知りえない秘密を、犯人自らに語らせるのだ。それが、その人間が真犯人であることの動かぬ証拠となる。

右京は、偽装は必ず破綻する、ということとともに、破綻させるやり方を示唆したのではないか。天野を追い込む方法を。

米沢は、事件に頭を戻した。

今回の件で犯人しか知りえない秘密――。

殺害現場、殺害方法、毒物の種類……。

ない。

警察は、真鍋知子が自殺したと断定した時点で、殺人事件であれば、容疑者の自白の信憑性《しんぴょう》を計るための、真犯人にしか知りえない秘密として使える事象を、すべて公のものにしていたのだ。

本件に限っては、真犯人にしか知りえない秘密は、もはや存在しない。

いや――。

あった。ひとつだけある。

米沢は、警視庁に戻ると、すぐにパソコンを起ち上げて、ネットの世界に飛び込んだ。

一晩じゅう、インターネットを飛び回った。

わずかな可能性に賭けて、次々とＨＰを開いていったのだが――。

12

「都風協に行きましょう」

月曜日の朝、米沢は相原に連絡をいれた。

一昨日の晩から昨日も一日じゅう、モニターを睨《にら》んでいたせいで、完全に乾いてしまった眼球を、閉じた目蓋《まぶた》の上から強く揉む。目蓋《まぶた》の裏に、万華鏡の模様がランダムに蠢《うごめ》いているかのような映像が浮かび上がった。

「天野を逮捕できる準備が整いましたか？」

米沢は、相原のその質問には答えなかった。

「お忙しいところ、申し訳ありません。今日は、真鍋知子さんの件について、すべての事実が判明したので、そのご報告に参りました」

通されたのは、応接室だった。

米沢と相原、そして天野は向かい合って座った。

「そうですか」

「やはり彼女は自殺ではありませんでした」

「はい？」

「殺されたんですよ。そして犯人は誰か。それもわかりました」

「殺された？　どういうことですか？」

「他殺であるという、証拠が出ました」

「証拠？　それはいったい……？」

「死因となった青酸カリが、誰か、別の人物によって、真鍋知子さんの自宅に送りつけられていたことがわかったんです」

「どういうことですか？」

天野の肩が緊張したのがわかった。

「麻薬取締官に、覚せい剤の売人が逮捕されました。その売人が、青酸カリも扱っていました」

「覚せい剤の、売人……？」

「ええ。その売人の取引データに、真鍋知子さんの自宅に青酸カリを送るように、というメールの記録が残っていました」

「メールの送り主を、特定することができたんですか？」

「いえ、残念ながら」

「ならば、そのメールが、真鍋さん本人から送られたものである、とも考えられませんか？　自分で使うために手に入れようと思ったのでは？」

「そうは思えません。メールの送り主は、青酸カリの送り先として、二つの住所を指定しました。ひとつは真鍋知子さんの自宅、もうひとつは、上野の私設私書箱でした。われわれは、私設私書箱の契約者が、メールの送り主であると考えています」

「なるほど。それで、その契約者というのは、誰かわかったのですか？」

「いえ」米沢は首を振った。

「そうですか」天野の強張《こわば》っていた肩から、力が抜けた。「それで、なぜわたしのところに来たのか、理解に苦しみますが」

「天野さん、これまでに起きたことを整理しましょう」

「ですから、わたしは、真鍋さんが自ら命を絶ったものと思っていましたから」

「自殺の動機はなんだと思いますか？」

「それは、先日申し上げたように――」

「横領の発覚を恐れて、ですか」

「ええ」

「確かに、天野さんからお借りした例の通帳からは、真鍋知子さんの指紋が出ました。そして、銀行の防犯ビデオの記録で、彼女がその通帳から現金を引き出している姿も確認できました」

「本当ですか？　知子が金を下ろしていたんですか？」

「ええ」

米沢は、驚く相原に頷《うなず》いた。相原には初耳の情報だ。

「ですが、彼女が本当に横領に手を染めていたのか、ということには、いささか疑問が残ります」

「どうしてですか？　金を引き出していたのなら、彼女が横領していた以外に考えられないじゃないですか」

「では、彼女が横領したとされる金は、どこにあるのでしょうか。こういってはなんですが、彼女の暮らしぶりは、一千万を超える額の大金を横領していたようには、とても思えないんですよ」

「それは、誰かに貢いでいたとか――」

「バカな！　そんなこと、あるわけがない！」

相原の口から激情とともに、そんな言葉が迸《ほとばし》った。

だが米沢は、それを無視して続けた。

「それについても、なにか証拠を用意してあるのですか？」

「証拠を用意？　わたしがですか？」

「ええ」

「ど、どういう意味ですか」

「われわれは、あなたが用意した証拠に振り回されました」

「わたしは、あくまで捜査に協力したまでです」

「まだシラを切りますか」

「シラを切る……？」

天野が、探るような視線を向けてくる。

「あなたが用意した証拠は、すべて偽装目的のためのものだったんですよ。まず第一に、現場を自殺だったように偽装した。死因となった毒物も、彼女が自らの意志によって手に入れたように偽装した。警察が自殺を疑った場合は、次に自殺の動機をでっち上げる。つまり、理事長のセクハラ行為です。あなたはわれわれに、そして、最初に聞き込みに訪れた刑事にも、そのような行為があったと吹き込んだ。捜査を誘導したわけです。

元警察官僚だった理事長のセクハラによって自殺したとなれば、警察による原因追求の手は緩む。

あなたはそこまで読んで、自殺の動機をでっち上げました」

「さあ、いったいなんのことだか……」

「実際、警察は腰が引けてしまいましたからね。あなたの思惑どおりに事は進んだ。

しかし、いつまでも他殺を疑うわれわれがいました。

われわれは、真鍋知子さんが、設楽理事長からセクハラ行為を受けたという事実がなかったことを知ってしまった。

これで再び、真鍋知子さんが自殺する動機がなくなってしまいました。

じつはこの時点で、すでにわれわれは、真鍋知子さんが自殺ではないという証拠を掴んでました」

「え？」

「先ほどの、青酸カリの出どころの話ですよ。

われわれが、理事長の元を訪れた日、つまり、あなたがあの預金通帳を出す前の日です。あの時点で、われわれはすでに、真鍋知子さんが誰かに殺されたということを、確信していました」

「まさか……」

天野の動揺が色濃くなる。

「やはり、聴いていたんですね？」

「な、なんのことでしょう……？」

「あなたが、われわれと理事長のやり取りを聴いていたことは、気づいていました。だから聴かせたんです。

やはり、真鍋さんは自殺だった。しかし、自殺の動機がない、と。

すると今度は、まんまと彼女の横領をでっち上げた。

しかし、彼女の周辺からは、横領したとされる現金が出てこない。とても横領していたとは思えないんですよ」

「しょ、証拠は？　それらが偽装だったと証明できる物証が、なにかあるのか？」

「ありません」

天野の息を吐く音が、長く続いた。「だったら――」

「ですが、彼女の『遺書』の全文が見つかりました」

「え」

天野と相原、驚いたのは同時だった。

――なにも言わないでください。

相原を目で制した。

「あの『遺書』は、やはり遺書などではなかった。日記だったんですよ」

自分は嘘が下手くそだ。だがこの嘘は、見破られるわけにはいかない。

「日記……？」

「ええ」米沢は、祈るような思いで続けた。「彼女はブログをやっていたんです」

ブログ。インターネット上に公開する日記だ。

この事件に、真犯人にしか知りえない秘密があるとするならば、それはあの「遺書」に関することだ。

あの「遺書」は日記の一部分だろう。それは相原から、真鍋知子には日記をつける習慣があったという話を聞いたときから疑っていた。

犯人は、「遺書」――つまり日記の全文を知っている。

しかし、犯人が偽装に使った以上、日記の全文を見つけ出すことは不可能だろうと思っていた。

それでも、どこかに日記の全文は存在しないか――。

そのわずかな望みにかけて、昨日と一昨日、二日間を費やして、米沢はネットの世界をさまよったのだ。あるかどうかもわからない、真鍋知子のブログを探して。

だが、やはりそれは発見できなかった。

「そのブログに、あの一節がありました」

――悔しいです。こんな結果に終わって、残念でなりません。

「ま、まさか……」

米沢はゆっくりと頷《うなず》く。自分の嘘がバレる、その些細な端緒《たんしょ》を覗《のぞ》かせないように、慎重に。

目の前の男を騙すことに罪悪感は微塵《みじん》もない。目には目を、嘘には嘘を、だ。

「そのブログは、とても遺書としてしたためたものとは思えないんですよ」

「………」

天野の視線は、宙をさまよっていた。なにかを、おそらく言い逃れを探しているのだろう。米沢は続ける。

「彼女は、ブログにアップする際に、下書きをしていたんでしょうね。犯人は、その下書きの一節を、『遺書』に仕立て上げたんです」

「下書き？　バカな……」

「残念ながら、本当なんですよ」

「……だったら、それを苦に自殺したんじゃないのか。マラソン大会で完走できなかったことを恥じて、それで生きていたくないと思った可能性だってあるじゃないか」

語るに落ちた、その瞬間だった。

「マラソン大会で完走できなかった……。その日記には、そう書かれていたんですね？」

「え？」

「あの『遺書』の前後に、どんな文脈の文章が書かれていたか、それは、真犯人にしか知りえない秘密なんですよ。それをあなたが知っていた。それはつまり天野さん、あなたが真犯人であることの、なによりの証拠なんですよ」

「あ、いや、それはその、もしかしたら、そうかな、なんて思ったから……」

「じつは彼女がブログをやっていた、というのは嘘です」

「なに？」

「カマをかけたんですよ。あなたはそれに、見事にハマッた」

「ふざけるな！　だったら今のが、わたしが真犯人しか知りえない秘密を知っていた、という証拠にはならない」

「そうかもしれません。ですがわれわれは、あなたが完全にクロだという心象を得ました。この情報を上層部《うえ》に上げれば、上層部だって同様の心象をもつと思います。そうなれば、さすがに動きますよ」

本庁の上層部が、今回の件を穏便にすまそうと思ったのは、自殺の動機が元キャリアによるセクハラだと思ったからだ。

だが他殺――殺人となれば話は別だ。

半分身内のような組織である都風協の職員、それもキャリアではないにしても、元警察官である人物が捜査対象となれば、それを表沙汰《おもてざた》にする際には、警察にとっても痛みを伴う。

しかしそれを握り潰すほど、警察は腐っちゃいない。

「本気になった本部の刑事部を相手に、あなたは逃げきれると思っているんですか？」

「それは……」

この男は甘い。それは、いちど自分の罪を握り潰してもらったからだ。その考え方は、執行猶予つきの有罪判決を受けた被告人のものと似ていた。

喉元すぎれば、熱さを忘れる、というやつだ。

「いい加減にしろ！　お前の嘘には、もううんざりなんだよ！」

相原が、怒りのために食いしばった歯の隙間から、声を絞り出した。

「天野さん、いい加減、本当のことを話したらどうですか」

米沢が静かに促すと、天野は顔を下に向けたまま、両手でズボンを握り締めた。

やがて観念したように、口を開いた。

「すみませんでした……」


天野が語り始めた真相は、おおむね米沢が想像したとおりのものだった。

事の発端は、やはり天野の横領。

天野は、都風協の金を自分の懐に入れていた。手口は、架空の取引。存在しない会社への、ポスター印刷代名目の、経費の振込み。その金を自分のポケットにしまいこんでいた。

金の引出しには、真鍋知子を使った。

都風協に採用されたばかりで、まだなにもわからない彼女を利用したのだ。

「もっと頭の悪そうなのを採用したかったが、仕方がない」

天野は、そう嘯《うそぶ》いた。

そんな稚拙な手口の横領は、すぐに真鍋知子に見破られた。

横領の疑いをもたれた。

バレたら殺してしまうことは、想定していなかった。

「バレる覚悟で、横領なんかするわけがない」

こんな稚拙な絵を描いていたのに、バレることは想定していなかったらしいのだ。

横領がバレる。

天野は慌てた。

彼女を丸め込もうと思ったが、そう簡単にはいかないと思った。彼女はバカではなかった。

懐柔して共犯にしてしまうことも考えたが、それもできそうにない。彼女は真面目だった。

真鍋知子の口を封じるしかない。

その結論に達するまでの思考の経緯は、至ってシンプルだ。

だが、計画は周到だった。

テーマは自殺に見せかけて殺す。死んでもらう。

自殺に偽装するなら毒殺。

決行日は、東京ビッグシティマラソンの日と決めた。彼女がそれに参加することは、なにかの折りに耳に挟んで知っていた。

——大会の翌日は、たぶん身体がボロボロになるだろうから、休ませてください。

まずは、そう言って出された、マラソン大会翌日の休暇届を偽装した。一日だけの休みを、五日間に改ざんした。遺体の発見を遅らせるためだ。それに、無断欠勤から彼女の自殺を知るという展開には少なからず抵抗を感じた。

マラソン大会を決行日としたのは、その時間帯、彼女の部屋が確実に留守になると考えたからだ。その間に毒物を、彼女が疑いもなく口にするであろう飲み物に仕込んでおく。同時に、盗聴器も仕掛けておく。

鍵は、勤務中に、彼女が席を外した隙《すき》に、彼女のカバンから無断で拝借して合鍵を作っておいた。

彼女のもとに毒物——青酸カリが届いた事実を残すために、彼女宛に青酸カリが届けられるように注文を行なった。誰かに相談されると面倒なので、配達日は、マラソン大会に近い日がいいと考え、その二日前に指定した。もちろん、自らも大量の青酸カリを手に入れた。

殺害当日。つまり、東京ビッグシティマラソン当日。

予定どおり、マラソン大会が行なわれている時間帯に、真鍋知子の部屋に侵入し、飲みかけのペットボトルに、手に入れた約九グラムの青酸カリを混入した。盗聴器を仕込んで、彼女のアパートからそれほど遠くない場所に停めた車の中で待機した。その車内で、広帯域受信機を使って、部屋の様子を盗聴した。

変死体が発見された場合は、初動捜査がなされる。その際、万が一にも不審車両として自分の車がリストアップされないように、停める場所には気を使った。一箇所に止まらないように、車を走らせた。自動車ナンバー自動読取装置のNシステムにも注意を払いつつ、彼女の変化を聞き漏らさないように、受信機の音声に耳を澄ませた。

なかなか死ななかった。

マラソン大会の後だから、彼女はすぐにペットボトルのミネラルウォーターを飲むと思っていたのだが、なかなか飲まなかった。

飲みかけの物は飲まない主義か、という考えが頭を過《よ》ぎったが、焦らなかった。天野は、彼女がそうではないことを知っていた。

会社で、彼女が前の日の残りの飲み物を飲んでいる姿を、何度も見ていたからだ。

しかし結論から言うと、その日、彼女はそれを飲まなかった。

受信機が拾う音声が静かになった。アパートの近くに確認にいくと、彼女の部屋の電気は消されていた。

彼女は寝てしまったのだ。

午後十時。

マラソン大会に出場し、疲れていたのだろう。早い就寝だった。

天野も家に帰った。

翌日、天野は会社だった。

とりあえず出社したが、仕事は手につかなかった。彼女の部屋の様子が気になって、気が気じゃない状態だった。

こうしているあいだにも、彼女がミネラルウォーターを飲むかもしれない。あるいは、味の異常に気づいて、飲まずに中身を捨ててしまうかもしれない。もしかしたら、なにしろ九グラムの青酸カリを溶かしたのだ、見た目に異常がわかるかもしれない。いや、溶かしたときに確認した限りでは、濁りなどは見られなかった。いや、少し濁っていたかも。うまく思い出せない。まさか沈殿するとか。いや、濁っているとか関係なく、やはり捨ててしまったか。あるいは、やはりなにも気づかずに飲んで、死んでいるかもしれない。もしかしたら、すぐに遺体が発見され、大騒ぎになっているかもしれない。その場合には、すぐに会社に連絡がはいるだろう。他殺体と断定され、すでに自分が容疑者になっているかもしれない。いまにも捜査員が駆け込んでくるのではないか……。

なぜか思考は最悪のシナリオに向けて進んでいく。

もしかしたら……かもしれない。もしかしたら……かもしれない。

疑心暗鬼にも似た精神状態に陥り、電話が鳴るたびに、ビクビクした。

そんなに電話が鳴るような会社ではないので、それほど何度もビクビクしたわけではないが、とにかく、いろいろな思考が頭の中で交じり合い、気が狂いそうだった。

いや、計画は完璧だ。自分が容疑者になることはない。

無理やり自分に言い聞かせ、なんとか平静を保って、定時に退社した。

すぐに車で、彼女のアパートに向かった。

アパートの周囲は、昨日と変わらず静かだった。少なくとも、遺体が発見された様子はなかった。

周囲は薄暗くなっていて、部屋の明かりはついていた。だが、彼女の安否についてはは不明だ。電気がいつからついているのかはわからない。すでに室内で死んでいる可能性も考えられる。

とにかく、昨日と同様、車の存在を消す努力をしながらの盗聴だ。広帯域受信機のスイッチを入れた。

間《ま》もなく、テレビの音声が聞こえてきた。しかし、だからといって、生きているとは断定できない。彼女が死んでいる室内で、テレビがつけっぱなしになっていることも考えられるのだ。

電話をかけて確かめたい衝動に駆られたが、余計な痕跡を残すことは避けたかったので、なんとか耐えた。

しかしほどなくして、彼女がまだ生きていることがわかった。テレビのチャンネルを変えた気配があったのだ。

まだ生きている。

安堵のような、しかし苛立《いらだ》ちのような、よくわからない感覚に襲われた。

もしかしたら、彼女はあのミネラルウォーターを飲まないかもしれない。すでにミネラルウォーター自体が、捨てられるかして、あの部屋に、あの冷蔵庫の中に存在していないかもしれない。彼女に、いくら飲みかけのものを飲む習慣があるとはいえ、あのミネラルウォーターを必ず飲むとは限らないのだ。

今日彼女が死ななければ、明日彼女は、彼女の予定どおり、出社するだろう。休暇届の改ざんくらいは、なんとでもごまかせる。

そうなったら、また計画の練り直しだ。

青酸カリを購入した代金の四十五万円は痛いが、そんなものは、また会社から抜けばいい話だ。

半ば失敗を覚悟しつつ、とにかく、彼女が就寝するまでは張りついておこうと考えた。

成功してほしいのか、失敗に終わってほしいのか、よくわからない自分がいた。

これが失敗に終わったら、次はどうやって殺せばいいか。

頭が次の殺害計画に移りつつあったころ、夜中の十二時を過ぎたころに、受信機から、彼女の苦しむ声が聞こえた。その前に、冷蔵庫を開け閉めする音が聞こえていた。

やはりミネラルウォーターは、まだ冷蔵庫の中にあったのだ。

そしてやはり彼女には、飲みかけの残りを飲む習慣があったのだ。

そしてついに、彼女はそのミネラルウォーターを口にしたのだ。

天野は、部屋から離れた場所にいたにもかかわらず、息を潜めてその様子を聴いた。

もがき苦しむ様子の彼女の声――。

今でも耳に残っている。

その様子を、この目で見た気がした。

どれくらいのあいだ、それを聞いていたのだろうか。

青酸カリの中毒死には、それほど時間はかからないと聞いていたが、恐ろしく長い時間だった気がする。

永遠に続くのではないかと思えるような、地獄の底で喘《あえ》いでいるような苦しむ声が、不意にやんだ。

彼女が絶命したであろうことがわかった。

時計を見た。

車のデジタル時計は、12：09と表示していた。

意外と冷静だった。

すぐには部屋に行かなかった。

断末魔の叫びこそ発しはしなかったが、彼女の苦しむ声が部屋から漏れていて、通報されている可能性もある、と考えたからだ。

もしそうなった場合は、彼女の部屋に再び侵入することは諦《あきら》めようと考えていた。

だが、その心配は杞憂《きゆう》に終わった。

優に一時間は時間を置いた。

騒ぎになる気配はなかった。

車のデジタル時計は、1：22となっていた。

車を路上駐車したまま、歩いて彼女のアパートに向かった。

合鍵を使って彼女の部屋に入った。もちろん、一度目に侵入したときと同様、室内に指紋をのこさないように、手袋を嵌《は》めていた。靴は、警察官時代の安全靴を履いていた。足跡《ゲソ》をとられることを警戒したのだ。この足跡なら、通報を受けて駆けつけた警察官の足跡に紛れて、捜査対象からは除外される。

部屋に入ると、彼女は死んでいた。

彼女は、奥の部屋のベッドの上に横たわり、息絶えていた。

その形相は、壮絶な苦しみの末に息絶えたことを物語っていた。顔は、一瞬しか見ることができなかった。

遺体はいじらなかった。

彼女宛に届いたはずの青酸カリを探した。不審なものが送りつけられてきたことで、すぐに捨てられている可能性もある、と思ったが、それは残されていた。封筒は、冷蔵庫にマグネットで貼り付けられていた。

捨てられていたときのために、自作の青酸カリ入りのパケを用意していたが、必要なかった。

すぐに封筒から、青酸カリの入ったパケを取り出した。はさみで切って、少量だけを残して、ベッドの上のサイドボードの上に置いた。空の封筒は元の位置、冷蔵庫にマグネットで貼りつけておいた。

ミネラルウォーターに残った、高濃度の青酸カリの水溶液は、流しに捨てて、空のペットボトルを、元々あった床に転がした。

メイワ印刷名義の通帳の偽装は、横領の罪を彼女に着せるために行なった。彼女の自殺の動機が出てこなかった場合の保険になるとも考えた。

指紋をすべて拭き取った通帳に、新たに彼女の指紋を付着させた。元々金の引き出しには彼女を使っていたので、彼女の指紋は付着していたのだが、自分の指紋も付きすぎている。だから改めて、彼女の遺体の手に通帳を触れさせた。

計画はすべて実行した。確認のために部屋を見回す。ダイニングのテーブルの上には、日記帳に使っているノートが置いてあった。

中を見た。

昨日付、マラソン大会当日の日記。

使えると思った。

『5月11日、日曜日、晴れ。

今日は東京ビッグシティマラソン。

参加は抽選で、倍率はかなりのものだったらしいが、せっかく抽選を通ったので出場してみることにした。

3年ぶりのフルマラソンを走るのは、約3年ぶりだ。

それでも、この大会の開催の発表があってからだから、半年以上かけて充分に準備をしてきたつもりだ。

自信はあった。

それなのに、結果は30キロ地点でのリタイア。情けない。

最後は、両足ともにふくらはぎが派手につった。

体調も万全だったし、4時間を切る自信はあったのだけれど、逆にそれが原因だったのかもしれない。

絶好調すぎて、前半オーバーペースになったのがいけなかった……。

このマラソンで自信をつけたら、年末にはホノルルマラソンにエントリーしようと思っていたのだけれど、まだ無理みたいだ。

でも、久しぶりに本気で走って、かなり気分はよかった。足はかなり痛いけど。

この大会を目標に、毎日少しずつ距離を延ばしながらのジョギングも楽しかったし、やっぱり走るというのはいい。

これからも、できる限り続けようと思う。

わたしのランナー魂に再び火をつけた東京ビッグシティマラソン、来年もまた開催されるだろうか。

やるなら絶対にリベンジしたいところだが、大会発起人のみくりや元総理は少し気まぐれそうな人だから心配だ。

それにしてもやっぱり悔しいです。こんな結果に終わって、残念でなりません』

最後の一文を、『遺書』の偽装に利用した。

丁寧に破いた紙をサイドボードの上、パケの横に添えた。

完全に自殺に見える状況が出来上がったと思えた。

そして天野は、真鍋知子の部屋を出て鍵をかけた。電気は消さなかった。盗聴器の回収を忘れたことに気づいたのは、家に帰ってからだった。だがそれを回収するために、もういちどあの部屋に戻る気にはなれなかった。

日記に使われていたノートの本体は、跡形もなくなるほどに細かく破り、自宅のゴミと一緒に捨てた。遺体が発見されるよりも前に隠滅していた。

すべてを聞き終わると、米沢は固く目を閉じた。

——来年は……絶対にリベンジしたい。

真鍋知子の言葉が心に痛い。

彼女は、当たり前のように明日を、明日以降の人生を生きて行くつもりだったのだ。

しかし、その当たり前すぎて、誰もが願うことすらしないようなことが、叶わなかった。目の前の男の手によって、それが打ち砕かれてしまったのだ。しかも、自ら命を絶つという、絶対にありえない不本意なカタチに偽装まで施されて。

——許せない。

米沢は目を開くと、

「あんたはクズだ」

うなだれる天野に向かって、吐き捨てた。

「すみません……」

天野は、消え入るような声で呟《つぶや》いた。

「おれたちにじゃない、知子に謝れ！」

相原が吠えるように言った。

「……申し訳、なかった……」

天野は、それだけ言うのが、精一杯だった。

米沢は、相原の震える肩に手を添えた。


すぐに米沢は、捜査一課の伊丹の携帯を鳴らした。

ここから先は、捜一トリオの彼らに任せよう。

この殺人事件に、今のところ物証はなにもない。犯人の自供だけだ。

しかし彼らなら、天野を起訴に持ちこんでくれるはずだ。曲がりなりにも彼らは、警視庁刑事部の捜査一課なのだから。


「米沢さん、ありがとうございました」

天野が連行される様子を見届けると、相原が言った。

「いえ、お礼を言われることではありませんよ。警察官としての職務を果たしたというだけですから。それに、われわれ二人で解決した事件じゃないですか」

「米沢さん……。おれ、やっぱり本部に行きたくなりました」

「はい？」

本部とは、警視庁本庁のことだ。そういえば、前に相原は、本部に行きたかったのだ、と話したことがあった。しかし、それが真鍋知子と別れてしまった遠因になったとも語っていた。だから、その思いは封印したのだと。

「本部に、ですか？」

「ええ。本部に行って、もういちど米沢さんと仕事がしたい。だから、頑張りますよ」

なるほどそういうことか。米沢は、なんだかうれしくなった。

「ええ。待ってますよ、相原さん」

二人はがっちりと握手を交わした。

エピローグ

一ヵ月後——。

米沢は、右京から借りたCDを持って、特命係を訪ねた。

彼らは、海外に旅立つ誰かを見送るために、成田空港へ行き、帰ってきたばかりなのだという。二人はいつものように、それぞれ紅茶とコーヒーのカップを手にしていた。

「どうも。なんか、お久しぶりですね」

「そうですか? べつに久しぶりってほど、何日も顔を合わせていなかったわけじゃないですよ」

答えたのは薫だった。右京は軽い会釈で応じた。

「ええ、まあ、そうなんですけど。お二人が関わらなかった事件というのが、なんだか久しぶりのような気がして」

「そうそう米沢さん、聞きましたよ。今回は、お手柄だったそうじゃないっすか」

「いやいや、お手柄だなんて、冷やかさないでください」

「都風協の理事長も、事情を聞かれているらしいですしね」

「ええ。天野でしたっけ？　彼が横領していた金が、どうやら理事長に流れていたらしくて」

「理事長が……？」

「やはりそうでしたか」

いつか米沢が推測したとおりだ。県警時代からの関係を、現在もなお引きずっていた天野と設楽。

そして横領の発覚を恐れて、という動機で真鍋知子を殺害した天野が、その横領した金の流れをしゃべっていても不思議はない。

「まあ、横領の共犯で立件できるかどうかはわかりませんけど、警察も、少しは聖域に踏み込む覚悟をもったってことじゃないんですかね」

「そうだといいんですが」

「そういう意味でも、今回の米沢さんの働きは、お手柄といってもいいでしょ」

「だから、やめてくださいって」

「なんでも、刑事部長に反発して、特命《うち》に飛ばされそうになったとか」

「いやいや、自分が特命係の一員になるなんて、畏《おそ》れ多いです」

「米沢さんなら、うちも大歓迎ですよ。ね、右京さん」

「さあ、どうでしょう」

「あんなふうに言ってますけどね、ホントはそう思ってるんですよ」

右京は、それにはなにも答えなかった。

確かに特命係に飛ばされても構わない、そう思った瞬間はあった。しかし、やはり自分は鑑識係として、特命係をバックアップする役目が性に合っている。

「そうだ、杉下警部」米沢は、ここを訪れた目的を思い出した。「遅くなりましたが、CDありがとうございました。おかげで助かりました」

「助かった？　さあ、いったいなんのことでしょう」

右京は、差し出されたCDを受け取りながら、柔和な笑みを浮かべた。

「いや、あの、事件解決のヒントをくださったのでは……？」

「いいえ。ぼくには、そんなつもりはまったくありませんでしたよ。ただ、共通の趣味をもつ友人に、名人の落語をお聴かせしたい、そう思っただけです」

右京はそう言うと、紅茶のカップをゆっくりと口に運んだ。

「はあ、そうでしたか……」

右京の、ゆったりと紅茶を味わうその様子を見ながら、どこまで本当なんだか、と米沢は思った。

「それより米沢さん」薫が言った。「別れた奥さん、見つかったんですか？」

「いえ」

米沢は首を振ると答えた。

「自分の女房は、幻みたいなもんですから」


〈了〉

この物語はフィクションです。実在する人物、団体とは一切関わりありません。

〈参考資料〉

「特選落語名人会20／桂文楽」（キングレコード）

法科学鑑定研究所ホームページ（http://www.e-kantei.org/）

米沢守＝六角精児なのか？

「相棒」チーフプロデューサー　松本基弘（テレビ朝日）

「聞いてくださいよ。じつは自分、離婚したんです」

あれは、シーズン1最終回「特命係、最後の事件」遺体発見現場のシーンを、使われていないファミレスの厨房を使って撮影していたときだ。

いつものように差入れを持って現場を訪れてみると、すでに鑑識の衣装に着替えた米沢守役の六角精児さんが、隅のほうのボックスで出番待ちをしている。現場で会うのも久しぶりだったので、近づいてみると、なんだか沈んでいるように見える。

「お久しぶりです。どうしました？　なんか元気ないですね！」と明るく声をかけると、いきなり冒頭のリアクションが帰ってきたのだ。

かなり落ち込んでおり、誰でもいいからしゃべって気を紛らそうというつもりだったのだろう。かなりの時間話し込んだ。プロデューサーは現場がうまく回っていればとくにやることがなく、キャストの話し相手になるくらいしか役に立たない。この場合、まさに自分はうってつけだったわけだ。話し終えて六角さんは少しすっきりしたみたいだった。少しは役に立てたかな、と思った。

ところが、である。

衝撃の離婚告白から半年後。

シーズン2の撮影で再会したときにはすっかり元気になっていた。

「いやー、そのせつはご迷惑をおかけしました。わっはっは」

聞くとすでに新たなお相手との進展があるようだ。見事な立ち直りに安心……した。

じつはあの後、六角さんの離婚話はあっという間にキャスト、スタッフ内に広がっていったのである。もちろん私が話したわけではない。舞台人仲間として六角さんとつきあいの長い川原和久さん（伊丹刑事）や大谷亮介さん（三浦刑事）がおもしろがって広めていったこともあるが、それだけでなく、どうも本人自らがしゃべりまくった形跡がある。自虐ネタ扱いにしている節があるのだ。それ以来不審に思っていたが、この六角さんの、立ち直った朗らかな笑顔を見て確信した。

よし、これならネタにしても大丈夫、と。

六角さんはかなりおもしろい人である。

その風貌《ふうぼう》からして一見オタクキャラだと簡単に理解したつもりだったら大間違い。「劇団・扉座」の旗揚げメンバーであり、その演技力と存在感で他の舞台への客演も多く、役者としての経歴は華々しい。ギターをかかえて弾き語らせれば抜群のシンガーソングライターでもある。かつてはＢＡＲを経営していたりと、じつはかなり意外なキャラなのである。

ドラマの登場人物のキャラクターを作る場合、家族形態がどうで出身がどこでどんな学校を出て……と個人年表を作るやり方がある。が、自分はあまりディテールを決め込まないようにする。考えるのがめんどくさいからではない。そのほうがリアルになると思うからだ。実際、人間の内面というものは、複雑で多様である。自分自身ですら、時折思いもよらない行動をとって自ら驚くことがある。そのくらい人間はややこしい。われわれごときの想像力なんて高が知れている。ただでさえ作り物の世界、つじつまが合わないくらいがちょうどリアルでいいのだ。

米沢守という鑑識員のキャラクターを造形する場合、さまざまなモノへのマニアックな執着心をもつオタクキャラだからといって、引きこもってモノだけを相手にしているキャラには決してしたくなかった。

だからこそ、六角さんの生きざまはまさに米沢守のモチーフ足りえるのである。

だって作り物（米沢守）よりホンモノ（六角精児）のほうがおもしろかったら、作り物を作る意味がないじゃないですか。

というわけで、さっそく六角さんの〝逃げた女房〟話を脚本の輿水泰弘さんに話した。

その結果が、シーズン3の第5話「女優〜後編」で、初めて「花の里」へ来た米沢が、女将のたまきに酒以外の飲み物を注文、理由を尋ねられ、「酒が原因で女房に逃げられまして」とこたえるシーンとなって具現化した。

口は災いの元である。

六角さん、ごめんね。でもありがとう。おかげで米沢がとっても魅力的になりました。

この〝逃げた女房〟モチーフは、その後「相棒」脚本家陣に大いに影響を与えた。シーズン4の第3話「黒衣の花嫁」で、砂本量さんが、米沢に「花嫁姿を見た後に逃げられました」と言わせたのをはじめ、各脚本家がさまざまな形で執拗《しつよう》にこのモチーフを展開していくことになるのである。

ところが、流れはそれにとどまらなかった。

まさかこんなかたちで独り立ちしようとは。

テレビ界の外に、〝逃げた女房〟モチーフにひっかかった人がいたのだ。

ハセベバクシンオーさん、あなたはすばらしい！　よくぞここまで作ってくれました。米沢の知られざる新たな面を具現化してくれたことに心から感謝です。

宝島社の天野由衣子さん、ありがとう。あなたの情熱のおかげで米沢守が独り立ちできました。

そしてなによりもこの本を手にしてくださったあなた。〝相棒ワールド〟から生まれたキャラクターとストーリー、お楽しみいただけましたら幸いです。

これからも〝相棒ワールド〟を見守ってくださいね。

宝島社
文　庫

「相棒」シリーズ
鑑識・米沢の事件簿～幻の女房～
(あいぼうしりーず
かんしき　よねざわのじけんぼ　まぼろしのにょうぼう)

2008年4月26日　第1刷発行
2008年5月12日　第2刷発行

著　者　ハセベバクシンオー
発行人　蓮見清一
発行所　株式会社 宝島社
〒102-8388 東京都千代田区一番町25番地
電話：営業03(3234)4621／編集03(3239)0069
振替：00170-1-170829 ㈱宝島社
印刷・製本　株式会社廣済堂

ISBN978-4-7966-6312-0